모든
아이는
특별하다

모든
아이는
특별하다

박혜란의
창의적인 아이 키우기

나무를 심는 사람들

백 살까지 살 내 아이

아이들이 줄어들고 있다. 예상했던 것보다 훨씬 빠른 속도로. 저출산 대책 예산을 백 조 원 넘게 쏟아부었다는데 출생률은 계속 하강 중이다.

주위를 둘러봐도 결혼을 안 하는 젊은이들이 넘쳐 나고, 또 결혼을 했어도 아이를 안 낳거나 혹은 아이를 낳아도 외동으로 그치는 부모들이 늘어나고 있다. 조카들 중에도 마흔이 넘었는데 결혼하지 않은 이들이 여럿 있다. 안정된 일자리를 얻지 못한 조카들은 아예 결혼 생각이 없어 보이고 비교적 괜찮다고 알려진 직장에 다니는 조카들도 결혼이 엄두가 나지 않는 눈치다.

내가 보기엔 집 문제가 가장 큰 이유가 아닐까 싶다. 부모의 도움을 받지 않는 이상 요즘 도시에서 신혼집을 마련하기란 거의 불가능하다. 부모세대들이야 대부분 단칸 셋방에서 살림을 시작했지만 요즘 젊은이들에게도 왜 못 그러냐고 요구하는 게 얼마나 억지스러운 일인지 부모들도 잘 알고 있다. 한 푼 두 푼 모아서 집을 마련할 수 있었던 시대도 아니다.

젊은이들은 차라리 결혼을 하지 않는 게 자신과 아이들을 위해서 좋은 일을 하는 거라는 입장이다. 결국 지금과 같은 일자리 부족과 주거문제가 풀리지 않는 한 아이들은 계속 줄어들 수밖에 없을 것이다. 그럼에도 이런 세상에서 감히 아이를 낳는 사람들은 후세까지 먹을 걱정이 없는 금수저거나 후세에 대해 무책임한 자들이 아니겠냐고 그들은 반문한다.

그나마 출생률에 기여하고 있는 젊은 부모들이라고 마음이 평안한 것도 아니다. 육아의 부담보다 육아의 기쁨이 훨씬 크다고 믿고 싶으면서도 혹시 자신들이 정말 아무 생각 없이 사는 게 아닌가 공연히 켕기고, 금수저도 아닌 내 아이가 제 뜻을 펼치기는커녕 제 밥벌이는 하면서 살까 불안해한다.

게다가 어느새 4차 산업혁명시대요 백세시대라지 않는가. 앞으로 세상이 어떻게 변할지 누구도 명확하게 짚어 주지 않는 데다가, 여태까지 사람이 하던 일을 대부분 인공지능에게 빼앗길 거라고 입을 모으고 설상가상으로 누구나 백 살까지 살아 내야 하는 시대가 왔다니, 이왕 태어난 나야 그렇다 치고 내 아이는 과연 어떤 사람으로 키워 내야 그럭저럭 제힘으로 먹고살 수 있을지 생각만 해도 아찔해진다.

그래서 젊은 부모들은 다짐한다. 앞으로 세상이 어떻게 바뀌든 내 아이만은 절대로 루저로 살게 하지 않겠다고. 그러기 위해서 내가 가진 모든 것을 짜내어 아이의 미래를 열어 주겠노라고. 예전처럼 공부만 잘해서는 미래가 보장되지 않는다니 아이에게 공부는 물론이고 공부 이외의 다른 모든 것들을 배울 기회를 열어 주겠노라고.

　　얼마 전부터 '준비되지 않은 노년'이니 '노후파산'이니 '하류노인'이니 하는 경고와 함께 자녀에게 올인하지 말고 노후준비를 위해 돈과 시간과 관심을 비축하라는 조언들이 쏟아짐에도 불구하고, 요즘 젊은 부모들은 오히려 더 결사적으로 아이에 매달리는 것처럼 보이는 건 나의 기우일까.

　　살다 보니 어쩌다가 나는 '엄마들의 멘토'니 '육아의 달인'이니 하는 황감한 감투를 쓰고 몇십 년 동안 지속적으로 전국의 젊은 부모들을 만나 왔다. 마흔 갓 넘어 시작한 자녀교육 강연을 일흔이 넘어서까지 이어 가고 있으니 뭐든지 금방금방 바뀌는 우리 사회에서 참으로 불가사의한 일이다. 그렇다고 내 강연내용이 계속 업그레이드되어 왔냐고 하면 미안하지만 그것도 아니다. 마치 대학시절 어느 교수님이 20년 이상 지났을 법한 너덜너덜한 빨간색 표지의 공책을 읽어 주셨듯 내가 말하는 내용도 그 소리가 그 소리이다. 히트곡 하나로 평생을 우려먹는 원로 가수 꼴이다.

　　손주들이 하나둘 늘어나면서 예전 나의 육아시절을 돌아보며 썼던 『다시 아이를 키운다면』을 펴낼 때만 해도, 앞으론 육아에 대한 말은 물론 글도 더 이상 안 쓰겠노라고 맘먹었었다. 아무리 봐도 나보다 훨씬 능력과 자격을 갖춘 젊은 부모들이 시대변화에 맞게 제 자식들을 어련히 잘 키울 텐데 옛날 할머니가 이러쿵저러쿵 해 봤자 무슨 영양가가 있겠나 싶어서였다. 게다가 최첨단 디지털시대에 스마트폰도 제대로 못 쓰는 골수 아날로그세대는 이쯤에서 물러나 주는 것이 예의라고 생각했다. 나는 젊은 사람들이 어떻게 살아가야 할지에 대해 주제넘은 관심을 거두고 이제부터는 나나 잘 살자고 마음먹었다. 이젠 정말 차분하게 마음을 가다듬고 앞으로 얼마나 남았을지 모르는 내 삶을 어떻게 재미있게 채워 갈 것인가에 대해 집중하기로 했다.

그런데 어찌된 영문인지 내게 육아멘토링을 해 달라는 요청이 날이 갈수록 더 늘어나는 추세다. 내가 육아의 달인이라는 민망스러운 호칭으로 불렸던 이유는 사교육이 불붙던 고도 압축성장기에 아이들이 사교육 없이 모두 소위 일류대학에 들어갔다는 사실 때문이었는데, 어느새 그것보다는 아이들이 현재 모두 창의성을 요구하는 분야에서 일을 하고 있다는 사실이 젊은 부모들에게 어필하는 모양이었다. 4차 산업혁명시대에 대해 잘 모르는 부모들도 앞으로 내 아이가 인공지능이 할 수 없는 일을 하려면 무엇보다 창의성을 키워 주어야 한다는 것쯤은 잘 알고 있기 때문이다.

나는 이제 아이들을 일류대에 보낸 엄마가 아니라 미래를 내다보고 아이들에게 창의성을 키워 준 엄마라는 평가를 받게 되었다. 이래저래 스스로 잘 자라 준 아이들 덕분에 노년에도 과분한 대접을 받으니 평생 아이들 덕을 보고 사는 인생이다. 하여 요즈음 나는 '4차 산업혁명시대의 자녀교육'이란 거창한 주제로 강연을 다니는 중이다. 물론 타이틀은 강연을 주선한 측의 요구에 따른 것이다. 무언가 상당히 있어 보이는 제목이지만 솔직히 거품이다. 내가 말하는 내용은 예전과 거의 같다.

나는 4차 산업혁명시대라는 말도 그렇지만 그보다는 백세시대란 말이 더 두렵다. 백 살까지 살아갈 인간을 키워야 한다는 건 예순 살까지 살아갈 인간을 키워야 하는 것보다 훨씬 무거운 일이다. 어렸을 때 기본을 잘 세워 줘야 그 힘으로 백 살까지 제대로 살아갈 수 있을 테니까. 그러니까 내 생각으로는 요즘 부모들이 목매다는 창의성에 못지않게, 아니 그보다 더 중요하게 아이에게 필요한 것은 자율성이 아닐까 싶다. 자기 삶을 끝까지 책임지고 제대로 관리할 줄 아는 아이. 그래야 아이도 백 살까지 잘 살아 낼 수 있고 부모도 마음을 놓을 수 있을 것이다.

그런데 나이 먹은 꼰대의 노파심일까. 아무리 봐도 내 눈에는 요즘 젊은 부모들이 아이들에게 지나치게 잘해 주기만 해서 아이들이 스스로 자기 인생을 열어 갈 힘을 빼앗는 것 같아 많이 걱정된다. 물론 자율성과 창의성 말고도 아이들이 급변하는 세상에서 백 살까지 제대로 살아 내려면 다른 역량들도 함께 갖추어야 한다. 쉽사리 자기 자신을 포기하지 않는 자존감과 주체적인 사고력, 독불장군이 아니라 다른 사람들과 함께 협업하기 위해서 필요한 공감력, 그리고 자신과

성이 다른 사람들을 이해하고 배려하는 젠더력(성평등 인식)!

그래서 나는 오늘도 줄기차게 젊은 부모들을 만나 이야기하고 또 한다. 아이들 공부에만 온 힘을 쏟아붓지 말고 아이들의 미래를 열어 주기 위해서 마음을 열고 숨을 고르라고. 아이들이 백 살까지 제대로 살 수 있게 기초를 닦아 주라고. 그리고 역시 백 살까지 살아야 할 부모도 함께 그런 힘을 기르면 어떻겠느냐고.

물론 내 말에 귀를 기울이냐 아니냐는 전적으로 부모 마음이다. 어차피 인생은 저마다의 선택인걸 뭐.

차례

Chapter 1

아이들은 똑똑하다, 단지 경험이 부족할 뿐

다른 엄마들에 비하면

　서로 가깝게 지내는 젊은 엄마들 다섯 명이 모인 자리였다. 초등학생 자녀를 둔 엄마들답게 역시 화제는 교육문제. 사립유치원 비리문제에서부터 부정한 방법으로 딸들의 성적을 올린 쌍둥이 아빠, 요즘 핫하다는 드라마 이야기까지 한창 화제가 되고 있는 사안들에 대한 불안과 울분을 쏟아 놓았다. 전 국민이 입시전문가라는 속설이 실감날 정도로 각자 자기가 가장 심각하다고 생각하는 문제에 대해서 날카로운 진단과 명쾌한 해법들을 내놓았다.

　교육부가 없어져야 교육이 바로 잡힐 거라는 교육당국에 대한 신랄한 비판부터, 아무리 입시제도가 바뀌어도 내 아이만은 최고를 만들겠다는 부모들의 집념이 약해지지 않는 한 우리나라 교육은 날이 갈수록 악화되면 악화됐지 절대로 좋아지지 않을 거라는 암울한 전망에 이르기까지, 엄마들이 쏟아 놓은 의견들은 소위 교육전문가라는 사람들이 내놓는 권위 있는 말씀들과 별 차이가 없었다.

모두들 문제도 알고 해답도 알고 있지만 아무도 먼저 총대를 메려고 나서는 이가 없는 것이 진짜 심각한 문제다. 서로 눈치만 보는 사이에 교육당국에 대한 신뢰는 나날이 추락하고, 오리무중에서 각자도생의 길을 찾아야 하는 부모들은 나날이 더 지쳐 가고, 쉴 틈도 놀 틈도 없이 학원 뺑뺑이를 돌아야 하는 아이들은 나날이 더 괴로워져 가는 게 우리 교육의 현주소라는 현실을 다시금 확인해야 하는 무거운 시간이었다. 늘 느끼는 바지만 교육에 대한 이야기는 정치에 대한 이야기처럼 하면 할수록 가슴이 답답해지고 골치만 지끈거릴 뿐 항상 도돌이표다. 출발선에서 한 치도 나아가지 못한다.

엄마들의 푸념도 늘 똑같다. 자신도 아이들을 괴롭히는 엄마가 되는 게 너무 싫지만 그렇게 하지 않으면 내 아이만 처질 게 뻔하니까 남보다 앞서가진 못할망정 그냥 적당히 눈치 보면서 따라가는 시늉이나마 하고 있다고. 엄마들에게 지금 몇 군데의 학원을 보내고 있느냐고 물어보니 종목들이 참으로 화려하고 다채롭다. 영어와 수학은 필수, 과학과 역사, 논술은 준필수 그리고 예체능 과목으로 미술, 피아노, 바이올린, 축구, 수영, 발레 등등. 아, 그리고 요즘은 4차 산업혁명시대를 대비해서 코딩학원에도 보낸단다.

나는 그 모든 학원을 다 보내자면 돈도 돈이지만 도대체 아이들이 밥 먹을 시간은 있으며 또 잠은 언제 자는지 정말 궁금했다. 밥은 학원 근처의 식당에서 김밥이나 떡볶이, 어묵 등으로 때우고 잠은 학원 숙제가 끝나는 새벽 1시 정도에 잔단다. 세상에, 어린아이들이 그렇게 늦게까지 안 자고도 하루 종일 정신이 초롱초롱할 수 있단 말이지. 정말 요즘 아이들은 모두 아이언맨들인가 보다. 내 표정에서 '당신들은 아동학대범이야'라는 말을 읽기라도 했는지 엄마들은 억울하다는 듯이 변명을 하기 시작했다. 변명의 내용은 서로 짜 맞춘 듯 한결같았다.

"그래도 저는 다른 엄마들에 비하면 안 시키는 편이에요."

네 군데 학원을 보낸다는 엄마는 자기는 겨우 기본만 시키는 경우라며 어떤 엄마는 열한 군데를 보낸다고, 그 엄마에 비하면 자기는 아무것도 안 시키는 거나 다름없다고 주장했다. 다섯 군데, 여섯 군데를 보내는 엄마들도 모두 자신보다 많이 시키는 엄마와 비교하면 자기 정도는 평균치도 못 된다는 식이었다. 즉 모든 엄마들이 자신은 다른 엄마들에 비하면 아이들을 심하게 내모는 편이 아니라고 굳게 믿고 있는 듯한 표정이었다.

어떤 점에서는 그렇게 비교대상이 되는 '다른 엄마들'이 존재한다는 게 대부분의 엄마들에겐 여러모로 다행일지도 모르겠다는 생각도 든다. 그런 엄마들이 있어야 자신이 아이들을 완벽하게 관리하고 통제하는 극성엄마가 아니라 그냥 마지못해 시늉이나 내는 보통엄마일 뿐이라는 면죄부를 받을 수 있으니까.

재미있는 것은 엄마들이 늘 거론하는 '다른 엄마들' 중에는 자신보다 아이들을 자유롭게 풀어 주는 엄마들은 비교대상에 포함되지 않는다는 사실이다. 늘 나보다 더 많이 가진 사람을 부러워하는 심리가 여기서도 작동되는 것이다. 그렇다고 해서 아예 사교육을 안 시키거나 혹은 자신보다 사교육을 덜 시키는 다른 엄마들에 대해서 관심을 안 갖는 것도 아니다. 그런 엄마들을 보면 솔직히 은근한 우월감 같은 것도 느끼지만 그게 다가 아니다. 왠지 마음이 편편치 않은 기분이 든다. 저들은 도대체 뭘 믿고 아이들 교육에 올인하지 않는 거지? 그냥 모른 척해 버리고 싶지만 아무래도 자신에게는 부족한 어떤 자신감이 보여서 약간은 부럽기까지 하다.

하지만 부러우면 지는 것이라고 하지 않는가. 그래서 엄마들은 부러운 마음을 애써 지우고 그들을 한편으로 만드는 쪽을 택하는 경우가 많다. 소위 '정'이라는 이름으로, '관심'이라는 이름으로 자신과는 좀 다르게 아이들을 키우는 엄마들을 흔들어 대기 시작한다.

"아무개 엄마가 몰라서 그러는 모양인데 요즘엔 그렇게 키웠다간 큰일 나."

처음엔 사교육에 비교적 초연하던 엄마들이 가장 많이 흔들릴 때가 바로 이처럼 가깝게 지내는 엄마들의 '진심 어린 충고'를 들을 때라고들 한다. 흔히 세상이 나를 가만두지 않는다고 말하는데, 따져 보면 그 세상은 먼 데 있는 게 아니라 바로 내 이웃일 경우가 많은 법이다.

엄마들이 그런 하소연을 할 때마다 나는 마음속 깊이 도사리고 있던 심술기가 발동한다. 그건 진심 어린 충고가 아니라 자신의 불안감

다른 엄마에 비하면
나는 어느 정도의 엄마라고 점수를 매기지 말고
스스로 내 아이의 맞춤형 엄마가 되면 그것으로 됐다.
세상에 하나밖에 없는 그런 엄마.

을 해소하기 위한 물귀신 작전이라고. 내가 워낙 까칠한 성격이라 그렇게 생각하는진 모르겠지만 대부분의 사람들은 내가 남과 다르게 사는 것도 두렵고 남이 나와 다르게 사는 것도 두려워한다.

그러기 때문에 누군가가 대세를 따라 흐르는 자신과 반대 방향으로 흐르려고 하면 굳이 자기 쪽으로 끌어들여야 안심이 된다. 혹시 자신이 흐르는 쪽이 진흙탕이면 어떻게 하나 불안하기 때문이다. 그래서 마치 자신이 그를 진정으로 걱정하는 것처럼 때로는 유혹으로, 때로는 위협으로 자기 쪽으로 방향을 틀게 만들고 싶어 한다. 모두가 진흙탕에 빠지는 것은 참을 수 있지만 누구 하나가, 그것도 가까운 사람이 혼자 맑은 물에 들어가는 꼴은 도저히 참을 수 없는 게 사람들 심리가 아닌가.

내가 너무 삐딱하다고 생각할 수도 있다. 하지만 이제까지 살아온 경험에 따르면 대부분의 사람들은 저 하나 살기도 버거워 남 사는 데 신경 쓸 여유가 없다. 내 아이 하나 키우기도 힘들어 죽겠는데 무슨 보살이라고 남의 아이 잘못 키울까 신경을 쓰나. 그러니 남의 아이 키우는 데 이래라저래라 하는 건 결국 내 마음 편하자고 하는 짓일 뿐이다. 그런데 왜 그런 말에 흔들리나. 그냥 속으로 '너나 잘 하세요' 하면 될 것을.

'다른 엄마들에 비하면 나는 아무것도 아니에요'나 '세상이 나를 가만두지 않는다'나 모두 내 아이 키우면서 기준을 남의 아이 키우는 것에 맞추는 데서 나온 말이라는 점에서 일맥상통한다.

물론 세상은 혼자 살 수 없고 아이도 혼자 키울 수 없다. 남과 더불어 사는 게 세상이고 누구나 서로 도와 가며 살 수밖에 없다. 그러나 아이를 키우는 주체는 어디까지나 부모다. 내 아이가 어떤 아이인지, 어떤 사람으로 키워야 할지는 부모가 제일 잘 안다, 아니 알아야만 한다.

　그러니까 자신을 다른 엄마와 비교할 필요가 없다. 다른 엄마는 그 엄마의 아이를 키우는 거고 나는 내 아이를 키우면 된다. 다른 엄마가 학원을 열한 군데를 보내건 말건 나와는 아무 상관없는 이야기다.

　아이가 어떤 학원을 다니고 싶다고 하면 보내는 거고, 다니고 싶지 않다면 안 보내는 거다. 다른 엄마에 비하면 나는 어느 정도의 엄마라고 점수를 매기지 말고 스스로 내 아이의 맞춤형 엄마가 되면 그것으로 됐다. 세상에 하나밖에 없는 그런 엄마.

　나만의 엄마노릇을 해내는 것, 그것도 창의력이다.

아이에게 말할 자유를 허하라

"언니, 왜 결혼은 남자하고 여자하고만 해야 해? 여자끼리 하면 안 돼?"

"안 된대."

"왜 안 되는데? 결혼은 자기가 좋아하는 사람하고 하는 거잖아. 여자하고 하건 남자하고 하건 무슨 상관이야?"

"여자끼리 결혼해도 되는 나라도 있긴 있대. 근데 우리나라에선 안 된대."

"우리나라에선 왜 못하게 할까. 그런데 언니 왜 가족끼리는 결혼 못 해? 내가 아빠를 좋아하면 아빠하고 결혼해도 되잖아."

"가족끼리는 결혼 안 하는 거야. 네가 아빠하고 결혼하면 엄마가 슬퍼하잖아."

"응, 그렇구나. 내가 아빠하고 결혼하면 엄마가 슬퍼하겠지? 그러니까 가족끼리 결혼하면 안 되는 거네. 아빠하고 결혼하지 말아야겠네. 참, 근데 여자끼리 결혼 못 하게 하는 건 아기를 못 낳아서 그러는 거야?"

"그건 아닐걸. 딩크족은 여자 남자 결혼해도 아기를 안 낳고 살잖아."

"왜 딩크족은 결혼을 했는데도 아기를 안 낳는 거야?"

"아이 키우기가 너무 힘드니까 그렇지. 그래서 그냥 둘이서만 재미있게 사는 거야."

"아이 키우기가 너무 힘들면 그렇겠구나. 그래도 난 딩크족이 마음에 안 들어."

"왜?"

"생명을 못 나오게 하는 건 나쁘잖아."

하마터면 마시던 물을 뿜을 뻔했다. 이 진지하고도 맹랑한 대화의 주인공들은 도대체 몇 살짜리들일까. 놀라지 마시라. (아니, 나만 놀랐나?) 초등학교 3학년과 2학년에 재학 중인 소녀들이다.

얼마 전 가족이 함께한 남도 여행길에서 한 살 터울의 사촌자매가 차 뒷좌석에서 나눈 대화의 녹취록이다. 워낙 재잘재잘 쉴 새 없이 떠들다가 노래하다가 영화 보여 달랬다가 하면서 잠시도 심심해한 적이 없는 아이들이었다.

여느 때처럼 무심결에 듣고 있다가 딩크족에 대한 부분에서 이건 대박이야! 싶어서 본격적으로 귀를 기울이기 시작했다. 하지만 워낙 기억력이 구제불능이라 여기에 그 풍성한 대화 내용을 제대로 풀어 놓지 못한 게 아쉽다. 위의 대화는 그야말로 맛보기에 불과하다.

내가 놀란 건 무엇보다도 대화의 주제가 변화무쌍하다는 점이었다. 바로 직전까지 도레미송을 질리도록 반복 또 반복해서 부르던 아이들이 돌연 동성애를 주제로 삼더니 이내 근친결혼, 딩크족에 이르기까지 물 흐르듯 넘어간다.

노래 부를 때까지는 분명 어린 소녀들이었는데 대화를 할 때는 갑자기 다른 연령대로 붕 뜬 것 같았다. 내가 구세대, 아니 고(古)세대라 그렇게 생각하는 건가.

저 연령대에 난 또래들과 무슨 이야기를 하면서 놀았을까 어릴 적 기억을 떠올려 보니 당시 아이들 사이에 인기 있었던 만화책에 대한 이야기밖에 생각나지 않았다. 그 외에는 온통 논과 들을 뛰어다니면서 메뚜기, 개구리 잡아서 구워 먹던 기억, 찔레순, 송홧가루, 아카시아꽃 따먹던 기억뿐이었다. 간식을 구경도 못 하던 시절이었으니까. 아, 물론 그때도 누가 누굴 좋아한다더라 하는 소문은 늘 있었다. 아무튼 요즘 아이들은 아는 것도 많고 먹을 것도 많고 이야깃거리도 넘쳐 난다.

그날 내가 더 놀랐던 건 어린아이들인데도 모든 주제에 대해서 자기 나름으로 의견이 있다는 점이었다. 아이들은 어른들이나 미디어를 통해서 그냥 주워들은 이야기로 그치는 게 아니라 각자 자기생각을 말하고 있었다. 좋아하는 사람들끼리 하는 게 결혼인데 왜 같은 성끼리는 안 되는지, 왜 가족끼리는 결혼을 못 하게 하는지에 대해서 근본적인 질문을 제기하고 나름대로 답을 제시하기도 한다. 왜 딩크족이 아이를 낳지 않는지도 이해하고, 아이를 안 낳는 것에 대해 자기 나름의 생각을 분명히 밝히기도 한다.

아이들의 대화에서 어른들이 흔히 갖고 있는 고정관념이 보이지 않았다는 점도 상당히 신선하게 여겨졌다. 내가 어렸을 때 만약 동성애라는 단어를 들었다면 과연 어떤 반응을 보였을까. 아마 듣지 말아야 할 말을 들은 듯 소스라쳐서 일단 주위부터 살폈을 것이다.

서로 좋아하는데 왜 결혼을 못 하게 할까라고 순수하게 질문하기 전에 이미 스스로 그러면 안 된다고, 나쁜 짓이라고 단정을 내렸을 게 틀림없다. 세상은 원래 여자와 남자가 결혼하라고 정해져 있는 건데 그 원칙을 어기고 여자끼리, 남자끼리 사랑을 하다니 그건 상상도 못할 엄청난 죄를 짓는 거였으니까.

아빠를 좋아하는데 결혼하면 안 되는 이유를 묻고 답할 때 내 옆에 앉아 있던 한 아빠는 아이들다운 발상이 절묘하다 싶었는지 연신 "맞아, 말이 되네, 엄마가 슬퍼하니까 안 되지"라고 중얼거렸다.

아이들의 대화를 들으면서 새삼 깨달은 점은 아이들은 부모가 굳이 가르치려 하지 않아도 스스로 배우고 생각할 수 있는 능력이 어른들이 생각하는 것보다 훨씬 더 크다는 사실이었다. 아니 어쩌면 어른들이 가르치려 들지 않을수록 아이들이 생각하는 힘은 쑥쑥 자라나지 않을까.

하지만 어른들은 흔히 아이들을 스스로 배우고 생각할 힘이 없는 한없이 여린 존재로 보고 아이가 생각하기도 전에 서둘러 아이의 생각을 대신 생각해 주려고 애쓰기 일쑤다. 생각의 내용을 정해 주고 틀을 짜 주는 것이 어른의 의무, 부모의 역할이라고 믿는다. 그래야 일탈도 실수도 하지 않고 곧고 바르게 자랄 수 있다고.

지금도 많은 부모들이 왜 어린아이들이 아무것도 모르면서 동성애니 근친혼이니 딩크족같이 엉뚱한 이야기를 하냐고, 그런 얘기는 더 커서 하는 거라고 끼어듦으로써 아이들 말문을 막아 버리고 있진 않을까. 혹은 친구하고 논 이야기, 학교에서 배운 이야기, 학원에서 뭘 배웠는지, 무슨 책을 읽었는지 그런 이야기를 하라고 틀을 짜 주진 않을까. 혹은 동성애는 아주 나쁜 짓이라거나, 근친혼은 법으로 금지되어 있다거나, 결혼을 하면 반드시 아이를 낳아야 한다고 주입식으로 가르치려 들진 않을까.

그래서 아이가 스스로 생각하고, 생각한 것을 말하고, 다른 사람의 의견을 들어 보면서 자신의 생각을 고치거나 발전시켜 나가는 그 자연스러운 성장과정을 무시하고 그저 부모가 시키는 대로, 교사가 가르치는 대로 살아가도록 길들이고 있진 않을까.

마지막으로 내가 확인한 건 아이들은 자유로운 분위기만 만들어 주면 얼마든지 자신의 생각을 분방하게 표현할 수 있는데, 우리 교육은 옛날이나 지금이나 원천적으로 아이들 입을 막는 분위기로 일관

해 왔다는 씁쓸한 사실이었다.

어느 핸가 오바마 전 미국대통령이 한국에 왔을 때 기자회견 자리에서 한국기자들에게 질문기회를 줬지만 아무도 손을 들지 않았던 장면이 생각난다. TV를 보면서 얼마나 답답하고 민망했던지 모른다. 기자들이라면 누구보다 공부를 잘했던 수재들이었을 텐데, 오바마가 꼭 집어 기회를 주지 않더라도 다투어 손을 들면 좋았을 텐데 왜 그리 움츠러들었을까. 굳이 영어로 하지 않아도 되는 자리였는데.

결국 어렸을 때부터 대학을 마칠 때까지 그 어느 곳에서도 자유로운 질문을 허락하지 않았던 한국교육의 문제점이 고스란히 드러난 게 아니었을까. 가만히 있으면 가운데는 갈 텐데 공연히 잘난 척하고 나서서 질문을 했다가 혹시 시시한 질문이라고, 아니면 핀트가 어긋난 질문이라고 사람들이 비웃으면 어떻게 하나 두려웠던 게 아닐까. 그날 침묵을 지켰던 기자들의 모습은 언제 어디서나 타인의 시선에 자신을 가두고 살아야 했던 우리 모두의 모습이었는지도 모른다.

이제 미래를 살아갈 우리 아이들은 다르게 자라야 하지 않을까. 물론 남의 시선을 전혀 의식하지 않을 수는 없겠지만 그것에 지나치게 얽매일 필요가 없다는 것, 남의 평가가 아니라 스스로의 평가가 더 중요하다는 것을 곱씹으면서 자랐으면 좋겠다.

아이가 엉뚱하다 싶은 말을 할 때도 부모들은 무조건 말허리를 자르거나 나무라거나 비웃거나 무시하지 말고 일단 아이가 끝까지 말하도록 귀 기울여 보면 어떨까. 이것 역시 인내를 필요로 한다. 하지만 부모가 할 일은 인내가 다다. 그 외에 할 일이 뭐가 그리 많을까. 얼마 전 작고한 영국의 유명한 그림책 작가 존 버닝햄이 늘 강조한 말이 있다.

'아이들이 어른보다 덜 지적인 것은 아니다. 다만 경험이 부족할 뿐이다.'

아이들에게 말할 자유를 허하라.

언제부터 싹수가 보였나요

둘째가 가수란 걸 아는 이들은 초면에 다짜고짜 묻는다. 댁의 아드님은 도대체 몇 살 때부터 가수가 될 싹수가 보였나, 음악에 대한 기초교육은 언제부터 어떻게 시켰나. 이렇게 실례일 정도로 적극적으로 묻는 이들은 비교적 젊은 부모들이다. 그리고 자신의 자녀들이 가수 내지는 뮤지션 혹은 연예인을 꿈꾸는 경우가 많다.

그런가 하면 가수가 된 초창기에는 나에게 공부 잘해서 그 어렵다는 학교에 들어간 아들이 가수가 된다고 했을 때 엄마로서 얼마나 속상했겠냐며 은근히 혹은 노골적으로 동정하는 이들도 꽤 있었는데 물론 비교적 나이가 든 쪽이다. 특히 여성들보다 남성들 쪽에서 그런 반응을 보이곤 했다.

솔직히 둘째가 언제부터 가수가 될 싹수가 보였는지 나도 잘 모르겠다. 돌 전에 제힘으로 혼자 설 수 있게 되었을 때부터 라디오에서 음악이 나오면 기저귀로 불룩한 엉덩이를 흔들흔들하긴 했는데 그건 다른 형제들도 비슷하지 않나. 아니 거의 모든 아기들이 음악을 들으면 기분이 좋아서 웃거나 손뼉을 치거나 웅얼거리거나 몸을 흔들거리거나 하는 거 같다. 그러니 '우리 애는 돌 전부터 가수가 될 싹수가 보였어요'라고 말한다면 완전 허풍이다.

말을 배우기 시작하면서는 라디오나 TV에서 나오는 노래를 따라 흥얼거리곤 했다. 하지만 그것도 다른 형제들과 같았다. 오히려 발음 면에선 두 살 위 형이 훨씬 똑똑했다. 다만 형은 노래를 할 때도 늘 진지한 표정이었던 반면, 둘째는 생글거리는 표정이었다는 것이 다른 점이었을까.

워낙 조심성이 많았던 형에 비해 둘째는 천방지축이었다. 형은 단 한 번도 그런 일이 없었는데 둘째는 서민아파트의 손바닥만 한 마루에서 잘도 굴러떨어졌다. 안방 구석을 차지한 책상에 올라갔다가 떨어지는 일도 다반사였다. 부엌에서 일하다 보면 쿵! 하는 소리와 함께 우왕~ 하는 울음소리가 함께 터지곤 했다. 하지만 울음은 아주 짧았다. 놀라서 뛰어 들어가 보면 어느새 생글생글 웃고 있었다.

일단 말을 배우자 엄청 말이 많았다. 불분명한 발음으로 끊임없이 조잘댔는데 들어 보면 한 편의 장편동화였다. 사자가 어흥~ 하면서 토끼를 잡아먹는다나 뭐라나 하는 이야긴데, 그 단순한 내용에 온갖 의성어 의태어를 붙여서 이어달리기를 하고 또 했다. 청중은 물론 형

둘째는 언제나 대기상태였다.
시키기만 하면 득달같이 나가서 입을 짝짝 벌리며
온 힘을 다해 노래를 했고 엄마들은 재미있다며 손뼉을 쳤다.
새삼 돌이켜 보니 그때 이미 둘째의 몸속에 가수의 씨가
자라고 있었던 건지도 모르겠다.

이었고 곧 동생이 추가되었다.

둘째가 유난히 흥이 많은 아이라는 걸 제대로 확인한 건 〈마루치 아라치〉라는 만화영화를 보러 갔을 때였다. 아마 세 살 때였으리라. 큰맘 먹고 친정어머니께 막내를 맡기고 아이 둘을 데리고 서울시내에 있는 영화관에 갔다. 2층 앞쪽 자리에 앉아서 영화를 보는데 노래가 나올 때마다 둘째는 벌떡 일어나 목청껏 따라 불렀다. 주위에 앉았던 관객들이 모두 웃을 정도였다. 큰애도 노래를 따라 부르긴 했지만 자리에 얌전히 앉은 채였다. 동생이 창피해 죽고 싶은 표정이었다.

둘째가 다섯 살 즈음 살던 동네엔 내 고교동창들 예닐곱이 함께 살고 있었기 때문에 자주 모였다. 아이들도 합쳐서 열 명을 넘으니 하루 종일 사이좋게 잘 놀았다. 수다를 떨다 지친 엄마들은 걸핏하면 아이들에게 노래를 시키곤 했다. 아이들 중에는 수줍어서 끝까지 빼는 애들도 있었지만 몇 명은 노래하는 걸 좋아했다. 둘째는 언제나 대기 상태였다. 시키기만 하면 득달같이 나가서 입을 짝짝 벌리며 온 힘을 다해 노래를 했고 엄마들은 재미있다며 손뼉을 쳤다. 새삼 돌이켜 보니 그때 이미 둘째의 몸속에 가수의 씨가 자라고 있었던 건지도 모르겠다.

음악에 대한 기초교육은 언제부터 얼마만큼 시켰느냐는 질문엔 비교적 답하기가 쉽다. 초등학교 1학년 때 같은 층에 살던 아기엄마에게 피아노를 배우게 했으니까. 아, 피아노에 대해선 쓰디쓴 추억이 있다. 첫애에게 저질렀던 잘못이 기억나서다.

첫째가 초등학교에 들어갔을 때였다. 한글을 안 가르친 채로 학교에 보냈다고 주위에서 불량엄마라는 소리를 숱하게 들으면서 겉으론 꿋꿋한 척했지만 속으로는 조금 주눅이 들었나 보았다. 어느 날 동네 친구들 모임에 나갔다가 요즘엔 모두들 피아노쯤은 칠 줄 알아야 한다, 피아니스트가 되기 위해서가 아니라 그래야 음악성적이 그나마 괜찮게 나온다는 이야기에 귀가 솔깃하면서 가슴이 덜컹했다.

집에 돌아오자마자 애꿎은 첫애를 닦달했다. 너 피아노 배우고 싶니? 아니. 왜 아니야, 요즘엔 다 피아노 칠 줄 안다며, 너도 배워야 해. 싫어. 싫긴 뭐가 싫어, 오늘부터 당장 피아노 배우자. 난 싫다는 아이 손을 끌고 평소 알고 지내던 1층 아기엄마를 찾아갔다. 레슨비는 다른 데 비하면 말도 안 될 정도로 쌌지만 당시 우리 수입으로선 대단한 지출이었다. 난 처음으로 엄마노릇을 제대로 한 것 같아 마음 한 켠이 뿌듯했다.

첫째는 시간만 되면 피아노책 가방을 들고 집을 나서긴 했는데 표정은 늘 시큰둥했고 돌아올 때 표정은 더했다. 그렇게 석 달을 보내고 나서야 난 제정신을 차렸다. 너 피아노 치는 거 재미있니? 아니, 재미없어. 그럼 그만둘까? 첫째의 표정이 밝아졌다. 응, 엄마! 그래도 돼?

첫째에게 저지른 시행착오가 있었기에 둘째에게는 아예 피아노의 피자도 꺼내지 않았었다. 그런데 초등학교에 들어간 둘째가 어느 날 거실 바닥에 엎드려 커다란 모조지에 피아노 건반을 그렸다. 음악숙제라고 했다. 땀을 뻘뻘 흘리면서 건반을 다 그리고 나서는 다섯 손가

락으로 건반을 짚으면서 입으로 딴딴딴 따, 딴딴딴 따 소리를 내는 것이었다. 세상에나, 그 곡은 클래식에 문외한인 내 귀에도 익숙하기 짝이 없는 베토벤의 교향곡 〈운명〉이었다.

순간 난 뒤통수를 얻어맞은 느낌이 들었다. 엄마가 너무 무식해서 천재아들을 못 알아본 건 아닐까. 둘째에게 물었다. 너 피아노 배우고 싶니? 응. 그럼 엄마한테 피아노 보내 달라고 하지 왜 아무 소리도 안 했어? 그러자 둘째는 오히려 눈을 동그랗게 뜨고 반문했다. 우리 집엔 돈이 없잖아.

아, 내가 아이들 앞에서 너무 돈 돈 했나 보구나 하는 생각에 얼굴이 달아올랐다. 자존심도 구겨졌다. 아무리 돈이 없어도 너 피아노 가르칠 돈은 있어, 그러니까 걱정 말고 피아노 배우자. 둘째의 음악 기초교육은 그렇게 시작된 거였다. 그리고 1년 남짓 둘째는 일주일에 두 번씩 피아노를 배우러 다녔다. 발걸음이 늘 가벼웠다.

하지만 집에 피아노가 없었기 때문에 실력이 쑥쑥 느는 것 같진 않았고 무슨 계기 때문인지 어느 날부터 배우는 걸 그만두었다. 집에 피아노를 산 것은 몇 년 후였는데 이 역시 무슨 이유였는지 잘 생각나지 않는다. 아마 당시 중산층 가정에서 유행처럼 마련하던 가구 정도의 개념이 아니었을까 싶다.

중학교 2학년 땐가는 기타를 배우고 싶다고 해서 동네상가의 학원에 몇 달 다닌 적도 있다. 중간고사 기간에 학원을 갔더니 선생님이 놀라더라고 했다. 그때 배운 기타실력으로 학교에서 무슨 짓을 벌이고 다녔는지 나는 전혀 모른다. 고3 수험생 때는 학교에 갔다 오면 일단 피아노부터 쾅쾅 두드리곤 했다. 고3 스트레스를 저렇게 푸는구나 싶었다.

첫째나 둘째 모두 대학 다닐 때 중학생을 가르치는 아르바이트를 열심히 했다. 첫애는 알바비에서 꼬박꼬박 한 달에 십만 원씩을 밥값으로 냈기 때문에 둘째에게도 밥값을 내라고 했다. 그러자 둘째는 협상안을 내놓았다. 자기는 알바비를 모아 나중에 악기를 사려고 한다. 지금 한 달에 십만 원씩을 내면 나중에 어머니가 악기 살 돈을 줘야 한다고. 영악한 계산에 두 손을 들 수밖에.

시간이 흐르면서 집 제일 구석, 부엌에 달린 손바닥만 한 방은 신시사이저니 뭐니 하는 각종 악기들로 그득 찼다. 그리고 이리저리 바쁘게 움직이는 것 같더니 3학년이 채 끝나기 전에 둘째의 첫 앨범이 나왔다. 드디어 가수가 된 것이다. 도대체 노래는 어떻게 만들었으며 연습은 어디서 하고 녹음은 또 무슨 수로 했는지 난 그저 신기하기만 했다.

둘째의 이름이 알려지면서 아파트 단지에선 '첫 앨범 내는 데 돈 얼마나 들었어요?'라고 물어 오는 엄마들이 몇 있었는데, 그때마다 내가 할 수 있는 말은 아무튼 '집에선 한 푼도 안 들었는데요'라는 것이었다. 엄마들은 믿지 못하겠다는 표정이었다.

Chapter 2

우리 아이
적성,
찾아 줄 수
있을까?

'남 보란 듯' 키우고 싶다는 말

애가 좋은 대학에 못 들어가면 남들이 뭐라 그러겠어요? 그러게 왜 어렸을 때부터 엄마가 아이를 바짝 조였어야지 그냥 풀어 놓았느냐, 애를 낳았으면 엄마가 키워야지 알량한 일 한답시고 남한테 맡겨 놓았으니 애가 어디에 맘을 붙이고 살겠느냐 그럴 거 아니에요. 그러니까 워킹맘은 전업맘보다 더 아이를 남 보란 듯 키워야 해요. 그래야 남들도 뒷말 안 하고 가족한테도 면목이 서고 아이한테도 당당할 수 있으니까요.

바깥일도 안하면서 애를 잘 못 키우면 남들이 뭐라고 흉보겠어요? 남편이 벌어다 주는 돈으로 편하게 살림이나 살면서 아이 공부 하나 제대로 못 시키니 그동안 뭐 하고 살았나 모르겠다고 빈정거릴 게 뻔하잖아요. 누구네 엄마는 직장 다니면서도 애를 일류대학에 보냈다며 우리 남편이나 애를 불쌍하게 여길 거예요. 그러니 전업맘들은 더 남 보란 듯 키워 내야 하는 스트레스에 시달리고 있어요.

좀 심한 이야기일지는 모르지만 내가 보기에 한국의 많은 엄마들이 아이의 성적에 매달리는 가장 큰 이유는 아이의 행복을 위해서가 아니라 타인의 인정을 받기 위한 것이 아닌가라는 의심이 들 정도로 지나치게 남의 시선에 얽매이는 것 같다. 그러니까 아이를 어떤 사람으로 키우고 싶다는 자기만의 그림 없이 그저 '남 보란 듯이' 키우고 싶다는 말을 아무렇지도 않게 하지.

그런 말을 들을 때마다 나는 속으로 웃음이 난다. '아니 내 애를 나 나름대로 잘 키우면 되지 왜 굳이 남 보란 듯이 키우고 싶어 하지? 남들이 언제부터 내 애한테 그렇게 관심이 많아서 아이가 어떻게 컸을까 궁금해한다고. 오히려 너무 눈에 띌 정도로 뛰어나게 키워 놓으면 부러워하는 대신 시기나 할 텐데.'

우리가 삶의 목표를 '남부러울 것 없는 인생'에 두어 온 역사가 실제로 얼마나 오래됐을지는 잘 모르겠지만 최소한 내가 말귀를 알아듣기 시작해서 오늘까지의 세월인 70년보다는 오래됐을 것이다. 어렸을 때부터 사람들이 여럿 모인 데서 자주 들리는 이야기는 '어떻게든 하루 빨리 돈 많이 벌어서 우리도 언젠가는 남 보란 듯이 살아야 할 텐데' 혹은 '남부러울 것 없이 살면 얼마나 좋을까' 같은 말들이었다.

못 말리는 낙천가들이었던 부모님의 영향을 받아 집안형편이 그리 좋은 편이 아님에도 늘 우리 집이 세상에서 제일 행복한 가족이라고 자부하며 살았던 나는 남들이 그런 말을 할 때마다 '아, 우리는 남부러울 것 없이 사니까 참 부잔가 보다'라고 생각했었다.

그러다가 결혼 후 늘 돈에 쪼들리며 살다 보니까 그제야 '남 보란 듯이'까지는 못 살더라도 '남부러울 것 없이' 사는 정도만 되었으면 얼마나 좋을까라는 생각이 들었다. 상대적 박탈감이란 게 뭔지 비로소 실감하게 된 것이다.

그런데 좀 이상하다. 조상 때부터 워낙 가난하게 살아왔기 때문에 경제적으로 풍요롭게 살고 싶은 마음이야 누구에게나 비슷하겠지만 대부분의 사람들이 그 부의 목표치를 '남부러울 것 없는' 데다 설정하는 건 참으로 비정상적이며 동시에 불가능한 목표가 아닐까.

도대체 '남부러울 것 없다'고 할 때 그 '남'은 누구를 말하는 걸까. 친구, 동창, 이웃집? 아니면 회사 상사, 기업체 사장, 재벌? 따지고 보면 그 남은 처음엔 마음속에 점찍어 놓은 단 한 사람일지 모르겠지만 금방 수없이 늘어난다. 한 친구를 따라잡으면 더 잘사는 다른 친구가 떠오르고 그 친구를 따라잡았다 싶으면 또 더 잘사는 친구가 떠오른다. 기준을 남에게 두는 한 내가 따라잡아야 할 남은 무한 증폭되기 마련이다. 목표를 달성한 순간 새로운 목표들이 줄지어 나타나기 때문이다.

처음 목표했던 남이 소유한 양만큼만 부를 축적하면 더 이상 부러울 것이 없을 것 같았는데 나보다 잘사는 사람은 셀 수 없이 많으니, 아무리 돈이 많아도 만족하지 못하고 상대적 박탈감에 시달리는 사

아이가 성장하는 모습에서
기쁨과 보람을 느끼면서 나도 함께 성장하는 것이
아이 키우기의 목표이자 재미이지,
남에게 너 참 아이 잘 키웠다는 말을 듣고
그의 부러움을 사는 게 목적이 아니다.

람들이 넘쳐 나는 세상이 되고 말았다. 한 세대 만에 국민소득은 엄청나게 늘었는데도 행복하다는 사람은 찾아보기 힘든 이유다.

어쩌면 우리는 행복이란 남의 평가로 얻어지는 것이라 믿고 살아왔는지도 모른다. 내가 마음속에서 느끼는 행복이 아니라 남이 '넌 어떠어떠한 것들을 다 갖추고 있으니 참 행복한 사람이야'라고 말해 줘야만 '나는 누가 봐도 행복한 사람인가 봐'라고 생각하진 않았는지.

아이를 키운다는 것도 마찬가지이다. 아이가 성장하는 모습에서 기쁨과 보람을 느끼면서 나도 함께 성장하는 것이 아이 키우기의 목표이자 재미이지, 남에게 너 참 아이 잘 키웠다는 말을 듣고 그의 부러움을 사는 게 목적이 아니다. 한마디로 내 아이는 내가 좋아서 키우는 거지 남에게 보여 주기 위해 키우는 게 아니다.

남 보란 듯 키우고 싶어 하는 부모들이 빠지는 함정은 무엇보다 내 아이를 끊임없이 남의 아이와 비교하는 습관이다. 그것도 가장 가까운 친구나 지인의 아이를 기준으로 내 아이를 평가하기 일쑤다. 많은 엄마들이 마음속에 일종의 '내 아이의 라이벌'을 설정해 놓곤 일희일비한다. '엄친아'는 모든 아이들이 가장 듣기 싫어하는 단어다.

갓 태어났을 때부터 어린이집, 학교 다닐 때를 거쳐 취업, 결혼에 이르기까지 아이는 계속 그 유령과도 같은 '엄친아'와 비교당하며 살아야 한다. 몸무게가 누구보다 많네 적네부터 시작해서 뒤집기 걷기가 빠르네 늦네, 좀 커서부터는 개는 몇 개월에 한글을 읽는다는데 애는 왜 이런지 모르겠다거나, 걔는 몇 년 선행학습을 하고 있는데 애는 제 학년 수준도 못 따라가니 걱정이라는 등 엄친아는 학교 다니는 내 내 내 아이의 비교대상이 된다. 성인이 되어선 직장이 비교되고 결혼 상대가 비교된다. 물론 내 아이보다 모든 면에서 우수한 아이가 늘 비교대상이 되기에 내 아이가 그 아이를 따라잡는다는 건 처음부터 아예 불가능한 일이다.

물론 부모가 일부러 아이의 자존감을 짓밟고 싶어서 그러는 건 아닐 것이다. 현재에 안주하지 말고 목표를 높이 잡고 분발하라는 뜻에서 그랬다는 걸 모르는 사람은 없다. 하지만 무얼 해도 '이만하면 참 잘했다, 애썼다'라는 말 대신 '이게 뭐냐? 걔는 얼마나 잘했는데, 더 열심히 해'라는 말을 들어야 하는 아이의 심정은 어떨까. '그래, 부모님 말씀대로 내가 노력이 부족했어. 더 열심히 해야지'라고 자신을 채찍질하는 아이도 어쩌다 간혹 있겠지만, 대부분의 경우는 '그래, 난 어떻게 해도 안 되는 놈이야'라고 낙담하고 포기하지 않을까.

모든 부모는 아이가 자존감이 높은 사람으로 인생을 살아가기 원한다. 그래야 어떤 경우에도 쉽게 좌절하지 않고 넘어지더라도 훌훌 털고 다시 일어설 수 있기 때문이다. 그러나 아이로니컬하게도 아이의 자존감을 무자비하게 짓밟는 최초의 사람이 바로 부모일 때가 너무나 많다.

부모만 그 사실을 모른다. 왜냐하면 자기가 아이한테 한 모든 말은 오로지 아이를 '사랑'하고 아이의 행복을 진심으로 원해서 나온 것이므로. 만약 아이를 사랑하지 않는다면 왜 그런 말을 하겠냐며 억울해한다. 아이가 부모의 말에 상처받고 좌절한다면 그건 아이가 너무 어려서 부모의 마음을 이해하지 못하기 때문이라 생각한다. 부모마음은 부모가 돼 봐야 알게 된다면서. 참 씁쓸하다.

적성이 뭔지 모르겠어요

　이제부터는 성적이 문제가 아니라 적성이 중요한 시대라고 하면 많은 엄마들이 하는 말, '우리 앤 특별히 좋아하는 게 없는데요'다. 특별히 잘하는 것도, 특별히 못하는 것도, 그렇다고 특별히 좋아하는 것도 없기 때문에 도대체 적성이 뭔지 알 수가 없단다. 엄마 입장에선 시대가 바뀌건 말건 그냥 해 오던 공부나 계속 시키는 수밖에 없단다.

　최선을 다해서 성적을 올려놓은 다음 애써서 적성에 맞는 학과를 찾을 필요도 없이 마지막 성적에 맞춰 입학 가능한 대학을 고르고, 또 성적에 맞춰 아무 과에나 일단 들어가기만 하면 된다는 것이다. 특별한 재능이 없더라도 다행히 이름 있는 대학을 나오면 그렇지 않은 경우보다 조금이라도 취업에 유리하지 않겠냐는 거다. 혹시 창업을 하더라도 대학간판이 좋으면 영업하기가 한결 수월할 거고.

솔직히 부모들이 내 아이의 적성이 뭔지 모르겠다고 말하는 건 일종의 두려움과 거부감이 작용하기 때문이 아닌가 한다. 아이가 혹시 엉뚱한 길로 나가겠다고 하면 그땐 어떻게 해야 하나 하는 두려움, 우리 모두 지금껏 적성을 살리지 않아도 잘만 살아왔는데 내 아이세대에서만 굳이 그렇게 할 필요가 있을까 하는 변화에 대한 거부감이다.

우리 세대는 말할 것도 없고 우리의 자식뻘인 지금 젊은 부모세대도 대부분은 자신의 적성이 무언지 잘 모르고 평생을 살아왔고, 또 설사 자신의 적성을 잘 알고 있다 하더라도 그것을 살리기보다 억누르며 사는 것에 익숙하기 때문이다.

그도 그럴 것이 아주 옛날에도 마찬가지였겠지만 해방 이후 우리 사회에선 무엇보다 밥 먹는 일이 최우선 과제였다. 산업사회에서 마음 놓고 밥을 먹으려면 안정된 일자리를 구해야 했고 그러려면 일단 남보다 뛰어난 경쟁력을 갖추어야 했다. 고도 성장기에 대폭 늘어난 일자리 중에서도 고소득 일자리는 개개인의 적성이나 인성을 따지는 대신 우선적으로 어느 대학을 나왔느냐에 따라 결정되었다. 수십 년 동안 우리 사회는 사람의 가치를 그의 학력으로 평가했다.

'적성이 밥 먹여 주냐?'는 말은 참으로 오랫동안 부모가 자식의 진로를 결정하는 전가의 보도였다. 어느 세대나 늘 하고 싶은 일이 아니라 해야 하는 일이 앞섰다. 하고 싶은 일은 아껴 두었다가 나중에 나이 들어서 배부르고 시간 날 때 해도 충분하다고들 했다. 취업시장에서 불리한 분야의 공부를 하고 싶어 하는 자녀들에게 부모들은 취업이 잘되는 실용적인 학과를 택하라고 종용한다. 문학이 좋아 어문계를 가고 싶다고 하는 자녀에게 강압적인 명령 또는 눈물 섞인 애원을 동원해서 결국 법대나 상경대 쪽으로 진로를 틀게 하는 부모 이야기는 세대를 이어 들어 온 너무 익숙한 레퍼토리이다.

뛰어나게 공부 잘하는 아이가 어렸을 때부터 유난히 별을 좋아해 천문학과를 지원하겠다고 하면 대부분의 부모는 의예과로 돌리기 위해 애쓴다. 부모뿐만 아니라 교사까지도 동원되어 설득에 나선다. 심지어는 의예과에 들어가기 충분한 점수인데 왜 '아깝게' 점수를 버리느냐는 해괴한 논리까지 버젓이 등장한다. 학생의 의사보다 학교의 명성이 더 중요하기 때문이다. 부모나 교사나 똑같이 아이의 적성 따위는 안중에도 없다.

자신의 뜻과는 상관없이 부모가 권하는 대학, 학과를 지원하여 졸업 후 부모가 원하는 대로 안정된 직장을 얻어 평범하게 생활하는 듯하던 우리 세대의 자녀들이 뒤늦게 부모의 뜻을 거스르는 경우를 종종 본다. 우리 세대는 꿈만 꿨지 감히 행동에 옮길 수 없던 일이다. 부모와 자녀를 부양해야 한다는 책임감을 평생토록 벗을 수 없는 세대였기 때문이다.

그러나 어느덧 시대가 바뀌어 우리 자녀세대는 부모에 대한 책임감을 크게 느끼지 않는다. 성공에 대한 개념도 확 바뀌었다. '남 보란 듯이' 사는 게 삶의 목표였던 시대에서 '나 나름대로' 사는 게 행복인 세상이 되고 있다.

주위에서 대학지망을 놓고 부모와 자녀 간에 신경전을 벌이는 모습을 많이 봐 왔다. 문학적 감수성이 뛰어난 아들이 어문계를 가겠다고 하자 결사적으로 반대해서 상경계로 진학시킨 아버지도 바로 가까운 친척 중에 있었다. 부부 모두 어문계를 전공했던 나로선 어문계에 대한 폄하가 어느 정도 이해는 되지만 저렇게까지 혐오할 게 뭐 있나 싶었지만 그 아내는 달랐다.

남편의 성장과정에서 연극에 미친 아버지 때문에 경제적 곤궁을 겪어야 했던 트라우마가 있었다며 아들과 남편의 대립구도에서 남편 손을 들어 주었다. 하지만 대학졸업 후 평범한 회사원으로 살면서 결혼, 딸을 낳아 가정을 이끌던 그 아들은 부모 때문에 꺾었던 꿈을 완전히 버릴 순 없었던 걸까, 결국 안정된 생활을 포기하고 뒤늦게 영화 쪽 일을 배우겠다며 가족을 데리고 미국 유학길에 올랐다.

어렸을 때부터 노래를 좋아해서 대학도 성악과를 지망하려던 어떤 아들도 교육자였던 부모의 극심한 반대로 진로를 틀어야 했다. 대학 졸업 후 무엇을 하든 진득하지 못하고 방황을 거듭하던 아들은 마흔이 다 되어서 다시 성악과에 들어갔다. 교회 합창대에서 행복한 표정으로 노래를 부르는 아들을 보며 부부는 뒤늦게 깨치고 있다. 남의 인생을 이끌어 주었던 자신들이 정작 자기 자식의 인생에 큰 걸림돌이었음을.

부모는 자기가 살아온 과정을 돌이켜 보며 자식의 미래를 내다봐야 하는 그런 어려운 자리다. 자식은 철이 없어 아무것도 모르니까 앞

길도 부모가 닦아 줘야 한다는 의무감도 강하다. 그런 의무감이 강하다 보니 자식의 뜻을 살릴 생각보다 자신의 뜻을 자녀에게 주입시키려고 애를 쓰게 된다.

자식의 뜻이 자신과 같은 방향이면 괜찮지만 자신과 다른 방향이면 엉뚱한 것으로 치부하고 아예 무시한다. 자신의 적성이 뭔지 모르고, 혹시 알아도 자신의 뜻보다는 남의 뜻에 맞춰 살아온 부모들로선 어쩔 수 없는 한계인지도 모르겠다.

내 꿈은 내가 꾼다

막내는 어렸을 때부터 미스터 스마일이라고 불렸다. 누구든지 눈을 맞추기만 하면 방긋방긋 웃었다. 이웃친구들이 아이들을 데리고 놀러 올 때마다 자주 시켜 먹던 중국집 배달 청년도 아장아장 걸어 나가 환하게 반겨 주는 막내의 웃음에 반해서 그릇을 내려놓고도 금방 돌아가지 않고 한참 동안 아이를 안아 주곤 했다.

성격은 타고나는지 갓난아기 때부터 울음보다 웃음이 많았다. 안방에 눕혀 놓은 채 집안일에 쫓기다 보면 제시간에 우유를 못 먹일 때도 가끔 생긴다. 간혹 아침에 우유를 먹이곤 오후 서너 시가 돼서야 알아차릴 때도 있다. 아차 싶어 방문을 열어 보면 자리에 누운 채 날 보고 방긋 웃는다. 그동안 여러 번 싼 오줌 때문에 옷은 물론이고 요까지 푹 젖어 있었다. 어이구, 이 녀석아! 배가 고프면 울어야지 웃으면 어떡하니? 엉터리 엄마는 너무나 미안한 나머지 아이를 야단치곤 했다.

흔히 막내들은 응석도 많고 욕심도 많다는데 어찌 된 셈인지 우리 막내는 응석도 욕심도 유난히 없었다. 형들이 달라고 하면 자기 입에 들어가려던 과자도 내어 준다. 태생이 양보와 배려의 아이콘인가 보았다.

세상의 모든 부모들은 곧잘 딜레마에 빠진다. 내 아이가 착한 인간으로 살아가기를 바라지만 동시에 혹시 내 아이가 '너무' 착할까 봐 걱정한다. 욕심이 너무 많은 것도 싫지만 너무 욕심이 없으면 이 또한 걱정이다. 나 역시 막내의 착함과 욕심 없음에 늘 뿌듯해했지만 마음 한 켠에는 '이런 성격으로 어떻게 험한 세상을 헤쳐 나갈까'라는 걱정이 도사리고 있었다. 워낙 조용하고 잘 웃으니까 이웃형이나 누나들로부터 사랑을 독차지하고 자랐다.

막내는 유치원 대신 아파트 한가운데 있는 미술학원을 1년 다녔다. 미술만 가르치는 곳이 아니라 유치원과정을 거의 다 가르치는 곳이었다. 졸업하는 날 막내는 수줍은 목소리로 자기가 연극에 출연한다고 했다. 저 얌전이가 무슨 연극을 하나 싶어 형들과 난 호기심에 가득 찼다. 그런데 이게 웬 반전. 늑대가 다른 약한 짐승들을 잡아먹는 내용이었는데 막내는 잡아먹히는 역이 아니라 잡아먹는 역, 늑대로 나오는 것이 아닌가. 그것도 쩌렁쩌렁한 목소리로 '내가 너를 잡아먹겠다!'라고 호령하는.

내가 알던 막내가 아니었다. 형들도 놀라서 입을 다물지 못했다. 비슷한 일은 막내가 고등학교 2학년 때도 있었다. 친구 따라 착실히 교회를 다니던 막내가 크리스마스 저녁에 연극을 한다고 초대했다. 예수의 아버지 요셉으로 분한 막내는 연극배우처럼 정확한 발성으로 대사를 쳐서 관객들의 박수를 받았다. 눈이 밝은 부모였다면 혹시 막내의 이런 경력이 그 애가 나중에 드라마피디가 될 조짐이라는 걸 일찌감치 알아차렸을지도 모른다. 하지만 남편은 물론 나도 대학 입시 원서를 쓸 무렵까지 막내의 꿈을 짐작도 못했다.

부모들이 흔히 그렇듯이 아이가 특별히 잘하는 것도, 특별히 못하는 것도 없으면 그냥 성적에 맞춰 대학에 진학했다가 안정적인 직장에 들어가면 그걸로 충분할 것 같았다. 나야 워낙 아이들한테 이래라 저래라 하는 타입이 아니었지만 남편은 여러 번 막내에게 공무원이 되는 게 좋겠다는 뜻을 비쳤다.

아버지의 조언에 미소로만 대응하던 막내는 원서를 쓸 결정적 시점에 단호하게 자신의 의사를 밝혔다. 전 영화감독이 되고 싶어요. 거기에 맞는 학과에 들어갈 거예요. 말문이 막힌 남편은 아이 앞에선 아무 말도 못하고 있다가 내게 쏟아부었다. 아니, 쟤가 무슨 영화감독이 된다는 거야? 그 판이 얼마나 험한 덴데 저렇게 내성적이고 조용한 애가, 어떻게 견뎌 내려고. 저 녀석 알고 보니 엉뚱하기 짝이 없는 놈인데, 내가 말려 봤자 반발만 심해질 거고 당신이 잘 설득해 봐.

하지만 난 이미 아이 편이었다. 머릿속에서 아이의 선택을 지지하고 남편을 설득할 근거를 찾느라고 분주했다. 감독이라고 꼭 외향적인 사람이 적합하다는 것도 편견이 아닐까. 성격이 문제가 아니라 사람들 관계를 얼마만큼 매끄럽게 조정하느냐가 관건이지. 큰소리를 내지 않아도 사람들을 리드 잘하는 이들이 많잖아. 막내는 누구나 다 좋아하잖아. 그리고 난 막내가 평소 여간해선 심심하단 소릴 안 하는 성격, 몇 시간이고 혼자서 여러 사람 역할을 하면서 잘 노는 습관, 스토리가 있는 만화를 그려 내는 능력들을 들어 남편을 설득했다.

오히려 내가 걱정했던 건 막내가 더 늦게까지 자기가 하고 싶은 일이 뭔지 모르고 살면 어떡하나 하는 것이었다. 많은 엄마들이 바로 그것을 걱정한다. 저도 아이의 꿈을 살려 주고 싶은데 우리 애는 도대체 하고 싶은 일이 없대요. 그래서 여기저기 학원을 보내야 해요. 다니다 보면 뭐라도 하나 건질까 싶어서요. 그런데 처음엔 솔깃해하다가 금방 싫증을 내서 문제예요. 그나마 좀 나은 대학을 나와야 밥벌이라도 할까 싶어 할 수 없이 공부공부 하는 거죠 뭐.

결국 아이들이 똑 부러지게 하고 싶은 일이 없다고 하니 부모가 손 놓고 두고만 볼 수 없어 이것저것 사교육을 시키지 않을 수 없다고 엄마들은 하소연한다. 사교육은 성적을 올리기 위한 것과 적성을 발굴하기 위한 것 모두를 망라한다. 이것저것 가능한 한 여러 가지를 배우다 보면 아, 이거다 싶은 게 나올지 모른다는 막연한 기대로 백화점식 학원순례를 마다하지 않는 거다.

솔직히 자기가 하고 싶은 일이 무언지 처음부터 꼭 집어내서 계속 문제는 언제나 부모의 불안감이다.
모든 아이들은 다 나름의 적성이 있고
맘속에 하고 싶은 일이 있다. 다만 그걸 언제
드러내느냐의 차이가 있을 뿐이다. 어떤 아이는
조금 빠르게, 어떤 아이는 조금 느리게
그것을 밖으로 표출한다.

그 길로 나아가는 사람들이 얼마나 될까. 지금 아이를 키우는 엄마들에게 '당신은 하고 싶은 일이 있었나요?'라고 물어보면 거의 모든 사람이 없었다고 대답한다. 가끔은 하고 싶은 일이 있었는데 부모님이 반대해서 못 했다는 대답도 들린다.

어느 결에 세상이 바뀌어 이젠 성적이 아니라 적성이 밥 먹여 주는 시대가 됐다는데 내 아이는 암만 봐도 적성이 뭔지 모르겠으니 부모는 전보다 두 배로 초조해졌다. 그러니 쉽게 우리 앤 적성이 뭔지도 모르겠고 하고 싶은 일도 없다니, 그냥 나 자라던 대로 키우겠노라고 생각하는 경우가 많은 것 같다.

결국 문제는 언제나 부모의 불안감이다. 모든 아이들은 다 나름의 적성이 있고 맘속에 하고 싶은 일이 있다. 다만 그걸 언제 드러내느냐의 차이가 있을 뿐이다. 어떤 아이는 조금 빠르게, 어떤 아이는 조금 느리게 그것을 밖으로 표출한다.

그러니 아이에게 왜 너는 니가 뭘 좋아하는지도 모르냐, 누구는 벌써 진로를 정했다는데 넌 이미 뒤떨어져도 한참 뒤졌다고 닦달하는 건 아무 도움도 안 된다. 자기 꿈이 뭔지 몰라서 초조한 건 본인이 더 심하다. 초조한 상태에서 자꾸 독촉을 받다 보면 자신의 마음을 돌아볼 여유를 잃게 된다. 스스로가 '난 공부도 못하는 데다 꿈도 없는, 아무짝에도 쓸모없는 아이'라는 생각이 들어 자존감을 잃게 된다.

세상에는 남들이 다 늦었다고 생각하는 나이에 들어서야 비로소 자신의 진정한 꿈이 뭔지 새롭게 발견하는 사람들이 생각보다 많다.

그러므로 부모들은 아이에게 빨리 꿈을 찾으라고 재촉하는 대신 자신의 꿈은 과연 무엇이었던가, 과연 나는 꿈을 좇으며 살았던가, 꿈을 이루었는가, 아니면 새로운 꿈을 꾸고 싶은가 곰곰이 들여다보면 어떨까. 내 꿈은 내가 꾸는 것이다.

요즘 애들은 재주도 많아

어떤 친구들은 때마다 손주들 용돈 챙겨 주는 일이 버겁다고 하소연하는데 난 손주들 공연장 따라다니느라 힘들다며 은근 자랑질이다.

올해만 해도 네 명의 손주들이 각각 출연했던 발레공연 두 번, 합창공연 한 번, 오케스트라공연 두 번을 참관했다. 그것으로 올해는 마무리되나 했는데 웬걸 엊그제는 뜬금없이 그동안 조용하던 큰손자(첫째의 큰아들)의 기타연주가 있다고 해서 토요일 저녁 무렵 꽃다발을 사 들고 과천까지 갔다.

솔직히 이제 기타를 잡은 지 넉 달밖에 안 되는 녀석이 잘 치면 얼마나 잘 칠까 별 기대가 없었다. 단지 다른 손주들과의 형평의 원칙을 지키느라고 첫째 부부에게 가겠노라고 약속을 했던 터였다.

넉 달 전 녀석이 기타를 치고 싶다고 졸라 대서 드디어 동네 음악

학원에 보내기로 했다는 큰며느리의 말을 들었을 때 속으로 좀 놀랐었다. 녀석은 자기 집에서도 맏이고 사촌 사이에서도 제일 큰 아이라 그런지 다른 손주들에 비해 매사에 진중하고 남 앞에 잘 나서지 않는 편인, '끼'와는 거리가 먼 아이였기 때문이었다.

그런데 이게 웬일, 학원에 다닌 지 겨우 두 달인가 지났을 때 큰며느리가 조금은 흥분한 표정으로 학원선생님이 아이가 음악적 재능이 뛰어나다면서 두 달 후 있을 학원발표회에 클래식기타를 독주하자고 권했다는 말을 전했다. 난 '아유, 우리 서진이가 기타 신동인가 보네. 선생님도 내보낼 만하니까 그러지 괜히 그러겠냐' 하며 영 미심쩍은 표정인 큰며느리를 한껏 부추겼다. 그러면서도 마음 한구석에서는 이런 게 다 학생을 학원에 붙잡아 두려는 얄팍한 상술일지도 모른다는 의구심을 지우진 못했다.

공연 며칠 전 집에 들른 둘째에게 큰손자가 클래식기타공연을 한다는 소식을 전했더니 둘째도 많이 놀라는 눈치였다. 자주 만나는 사이인데도 평소에 기타를 치고 싶다는 내색을 전혀 비친 적 없는 조카였기 때문이었다. 학원선생님으로부터 음악적 재능이 뛰어나다는 칭찬을 들었다고 하자 '아, 이 집안에 면면히 음악인의 피가 흐르나 보네요'라며 씩 웃었다.

둘째네 두 딸은 말 그대로 엄마아빠의 피를 확실하게 이어받은 것 같다. 둘 다 걷기 시작하던 무렵부터 남다른 '공연본능'을 드러내었다. 둘 다 온 가족 앞에서 노래하고 춤추는 걸 좋아했다. 큰딸은 노래를 시키면 그냥 아무렇게나 하는 게 아니라 나름 공연형식을 지켰다. 무대와 객석을 구분하고, 자기 노래에 앞서 반드시 '지금부터 아무개의 공연이 있겠습니다'라는 멘트를 빼놓지 않았다.

어린이집이나 유치원에서 배운 노래를 해 보라면 한 번도 몸을 꼬며 뒤로 빼지 않고, 가사를 잊어버리거나 음정이 틀려도 꿋꿋하게 끝까지 불렀다. 발레를 배우는데 너무 재미있다며 자랑하기에 어디 한번 해 보라면 자신만만한 자세로 즉시 시연을 했다. 나는 꿈도 못 꾸는 두 다리를 일자로 쭉 찢는 '다리찢기'도 멋지게 해냈다. 그러곤 할머니도 해 보라면서 나의 약점을 콕콕 찔러 댔다. 특히 자매 모두 유연성 갑이었다. 나를 비롯한 어른들은 모두 엄마를 고대로 닮았다며 감탄에 감탄을 거듭했다. 아빠 쪽은 도무지 유연성이라곤 없는 뻣뻣한 몸들로 유명하니까.

지난여름에는 동네 발레학원의 발표회에 자매가 함께 출연했는데 둘 다 긴장한 기색이 하나도 없었다. 심지어 여섯 살짜리 동생은 친구들의 굳은 얼굴과 대조적으로 시종일관 환한 미소를 띠고 있었다. 언뜻 보면 공연을 즐기는 듯이 보였다. '와, 정말 피는 못 속이구나'라는 말이 저절로 튀어나왔다. 체격이나 동작을 봐도 언니는 발레리나가 되면 좋을 것 같았다.

그런데 본인은 한때는 발레리나가 되고 싶다고 한 적은 있었지만 미래를 한 가지로 제한하기에 아이의 꿈은 아직 원대하고 화려하다. 언니의 꿈은 수시로 바뀌어 요즘은 플로리스트가 되고 싶단다. 학교

방과 후에서 꽃꽂이를 배우는 중이란다. 나는 늘 여섯 손주들의 미래가 궁금하지만 에너지가 너무 넘쳐 천방지축인 이 손녀가 나중에 어떤 일을 하고 살지 유독 궁금하다. 무언가 굉장히 특이하고 화려한 일을 할 것 같다가도, 한편으로는 넘치는 열정을 주체 못해 아주 일찍 연애에 빠져 결국 요조한 가정주부로 만족할지 모른다는 생각도 든다. 삶이란 게 워낙 예측 불가능한 거니까.

막내네 남매는 재주가 다양하다. 글도 잘 쓰고 영어도 잘하고 주산도 잘한다. 오빠는 바이올린을 좋아해서 초등학교 오케스트라에 뽑혔고, 누이는 노래를 좋아해서 노래학원을 다닌다. 오빠가 속한 오케스트라는 초등학교 중에서 기량을 인정받아 올가을에는 드디어 세종문화회관 대강당 무대까지 진출했다. 그러는 바람에 나도 학교 발표회를 시작으로 문화예술회관, 세종문화회관까지 공연할 때마다 거의 다 쫓아다닌 것 같다.

동생은 올해 초등학교 3학년생으로 예술의전당 오페라극장 무대에 오르는 영광을 누렸다. 세계적인 프리마돈나가 출연하는 오페라에 엑스트라로 동원된 것이다. 얼마 후에는 예술의전당 야외무대에서 열린 동요대회에 나가기도 했다. 그땐 내가 지방 강연을 내려가야 하는 바람에 남편 혼자만 대회를 보러 갔다. 그런데 한 달도 더 지난 어느 날 점심때 소파에 드러누워 채널 서핑을 하는 중인데 어떤 채널에 손녀가 노래하는 모습이 클로즈업되는 게 아닌가. 살다 보면 이런 우연이 심심치 않게 일어난다.

얼마나 반가웠던지 채널을 고정시키고 벌떡 일어나 앉았다. 전체 대회에서 피날레를 장식하는 장면이라 출연자 전원이 무대에 도열해서 〈우리의 소원〉을 부르는 순간이었는데, 길지 않은 시간 똑같이 노란 단복을 입은 그 많은 아이들 속에서 손녀가 금방 내 눈에 확 들어왔던 것을 보면 참 신기하다. 고슴도치 제 새끼라고 하나같이 예쁘고 귀엽게 생긴 아이들 속에서 내 손녀가 제일 빛나 보였음은 물론이다.

다음 날 막내부부에게 그 영상을 봤다는 이야기를 했더니 깜짝 놀란다. 대회가 있던 날 어느 방송국인가 처음부터 끝까지 촬영을 하는 건 알았는데 언제 방영할지는 전혀 모르고 있었단다. 어떻게 그 순간에 평소 틀지 않던 채널을 돌렸으며 또 어떻게 바로 손녀가 노래하는 장면을 봤느냐며 거듭 감탄했다. 그러곤 스마트폰으로 그 장면을 찾아내 저장했다.

아무튼 한 해에 손주 다섯 명이 모두 큰 무대에서 재주를 뽐내는 장면을 볼 수 있었던 것도 생각해 보면 참으로 재미있는 경험이다. 더구나 세 아들을 키울 동안 첫째의 유치원 졸업 전시회나 막내의 미술학원 졸업 공연, 그리고 둘째의 아기스포츠단 수영 발표회 세 가지 중 어느 것도 참관해 본 적 없는 남편으로선 역사적인 행사다. 만약 손주들이 아니고 아들들의 공연이었다면 피곤하다는 핑계로 절대로 안 갔을 남편이다. 손주들이 무서운지, 아들며느리가 무서운지 잘 모르겠다.

이날 저녁, 큰손자의 학원 정기발표회는 거의 두 시간에 걸쳐 예상보다 훨씬 다채롭고도 짜임새 있게 진행되었다. 대부분은 밴드 연주와 솔로, 혹은 그룹의 흥겨운 노래였고 기타 솔로 연주는 큰손자가 유일했다.

깜깜한 무대 위에서 큰손자 혼자 조명을 받으며 기타를 들고 나났다. 엄마는 아이가 너무나 긴장하고 떨어 대서 혹시 실수를 할지 모르겠다고 걱정했는데 기우였다. 적어도 겉으로 보기엔 그지없이 침착해 보였다. 선생님이 추천해 준 여러 곡 중에서 본인이 맘대로 골랐다는 곡은 스페인 민요라고 했다. 연주가 시작되는 순간 이제까지 들뜨고 부산스럽던 분위기는 일순 고요해졌다. 객석은 마법에 걸린 듯 기타소리에 집중했다. 전문가가 들으면 실수도 있고 영 서툴러 보일 게 분명하지만 적어도 내 귀에는 더할 수 없이 아름답고 감동적이었다. 쟤가 정말 기타 신동 아니야?

두 살 터울 동생도 형이 기타 치는 게 부러워서 자기도 배우고 싶다고 조르는데 엄마는 비용 때문에 나중으로 미루는 중이라고 했다. 이거 혹시 돈 때문에 또 하나의 기타 신동을 썩히는 게 아닐까 마음이 살짝 아팠지만 이내 고개를 흔들었다.

어렸을 때 신동 아닌 애가 있어? 진짜 신동이라면 늦게라도 드러나기 마련이잖아. 아무튼 손주들이 신동은 못 되더라도 가능한 한 예술 방면의 여러 재주를 익혀 일생을 풍성하게 살았으면 좋겠다는 마음뿐이다. 우리 세대도 그런 여유를 누릴 수 있었다면 지금의 노년이 한층 여유 있고 재미있을 텐데 싶어 갑자기 마음이 싸해졌다.

Chapter 3

창의적인 아이가 가져야 할 네 가지 특성

자율성 : 백세시대, 자율성이 먼저다

일흔 줄에 들어서니 친구들 부모님들이 대부분 세상을 뜨셨지만 아직 건재한 분들도 적지 않다. 모두들 90대 후반이신데 간혹 백 세 넘으신 분도 있다. 요양원에 모신 분이 더 많긴 하지만 아직 정정한 분도 여럿이다.

한 친구 어머니는 딸이 모는 차를 타고 교외에 나가 전망 좋은 카페에 앉아 맛있는 커피를 마시는 걸 최고의 낙으로 여기신다. 그분은 주민센터에서 젊은 사람들과 함께 라인댄스를 배우고 있는데 스핀이 맘대로 안 된다고 속상해하신단다. 앞으론 이처럼 나이 들어서도 건강하게 인생을 즐기는 사람들을 흔하게 만날 수 있을 것이다.

지금 한창 아이 키우기에 골몰하는 3, 40대는 거의 모두 아흔 살을 넘어 살 거라고 예상들 한다. 그리고 당연히 그들의 아이들은 부모보다 더 오래 살 거라고 한다. 예전부터 교육은 백년지대계라는 말이 있었지만 이제부턴 육아야말로 말 그대로 백년지대계가 된 셈이다.

사람은 평생에 걸쳐 스스로 성장하는 존재이긴 한데 어린 시절 성장의 방향을 잡는 데는 부모의 영향력이 한결 막강하다. 유소년기에 부모가 어떤 가치관을 갖고 어떤 방향으로 키웠느냐에 따라 그 이후 길게 살아갈 인생의 결이 달라진다. 인류 최초로 많은 인간이 백 살까지 살게 될 이 시대는 그 어느 때보다 부모들에게 많은 것들을 요구하는 상황이다.

초고속으로 변하는 사회, 당장 십 년 앞을 내다볼 수 없는 세상이다. 이런 세상에서 인생 초반에 과연 어떤 능력을 키워 주어야 아이가 주어진 인생을 제대로 살아 내는 데 큰 도움을 줄 수 있을지 부모들은 솔직히 오리무중이다. 이젠 학업성적보다 창의성이 뛰어나야 살아남는 시대로 들어선다는데 도대체 부모가 어떻게 해 주어야 아이의 창의성이 키워지는 건지 막막하기만 하다. 부모 스스로가 전혀 창의적인 인간이 아닌데 아이를 창의적으로 키운다는 것 자체가 무모한 도전이 아닐까 지레 움츠러들기도 한다.

아무리 생각해도 아이의 창의성을 키워 줄 방법이 잘 떠오르지 않는다. 그러다 보니 그냥 살던 대로 살자라는 쪽으로 마음이 굳어진다. 왜냐하면 창의성은 당장 눈에 보이지 않는 대신 성적은 확실하게 보이니 시대에 뒤질망정 우선 그거라도 착실히 확보해 놓는 게 그나마 안심이라는 결론에 도달하기 때문이다. 게다가 언젠가 '한 가지만 잘

하면 대학 갈 수 있다'는 정부의 말에 속았던 선배들의 쓰라린 과거를 되풀이하긴 싫다.

하지만 소위 좋다는 대학을 나와도 취업이 만만치 않고 운 좋게 대기업에 취업을 했다 해도 정년이 보장되지 않는다는 현실은 부모들을 좌절시키고도 남는다. 그렇다고 공무원 시험을 유일한 대안으로 보고 몇 년이고 매달릴 수도 없다.

아무튼 공부만 잘하면 일단 밥 먹을 걱정은 안 해도 되던 시대에 아이를 키웠던, 요즘 젊은 사람들 말마따나 '운 좋은' 시대에 부모노릇을 했던 사람으로서 나는 문명의 전환기에 아이를 키워야 하는 젊은 부모들의 난감한 처지에 동정이 간다. 그러나 어쩌랴. 어느 시대나 부모로서 할 일은 불확실한 상황에서라도 최선을 다해 아이에게 길을 터 주는 것이 아닌가.

요즘은 많은 분야에서 창의적인 인간이 각광을 받고 있다. 전문가들마다 이제는 살아남기 위해 가장 중요한 역량이 창의성이라며 귀에 못이 박히도록 강조하고 있다. 인공지능도 빼앗을 수 없는 대체 불가능한 나만의 필살기를 갖추기 위해서는 남들과는 다른 아이디어가 있어야만 한다. 그러려면 예전처럼 주입식으로 달달 외는 지식이 아니라 주체적으로 생각하는 능력을 키워야 한다고들 한다.

맞는 말이다. 앞으로도 창의적인 사람의 몸값은 점점 더 높아질 것이다. 하지만 요즘 나는 백 세라는 긴 인생을 제대로 살아 내려면 창의성도 중요하지만 그보다 자율성이 더 중요한 기본역량이 아닐까 하는 생각이 점점 더 강해진다.

　물론 창의성까지 갖추면야 금상첨화이겠지만 혹시 창의성이 좀 부족한 사람일지라도 성실하기만 하면 어찌어찌 살아갈 순 있을 것 같다. 그런데 만약 자율성이 많이 부족한 사람이라면 본인만 긴 인생을 헤쳐 나가기 어렵고 괴로운 게 아니라 평생 부모까지 괴롭히기 십상일 것이기 때문이다. 요즘 사회면 뉴스를 훑어보면 이미 그런 이야기들, 나이가 들었는데도 혼자 서지 못하고 걸핏하면 부모에게 의존함으로써 야기되는 각종 사건들이 차고 넘친다.

　온 힘을 다 바쳐 키운 내 아이가 성인이 되어서도 자기 인생을 주체적으로 살아갈 의지도 능력도 없이 그저 부모에게 의존하려고만 든다면 그런 골칫거리가 또 없을 것이다. 겨우 취업을 해도 일이 힘들다, 적성에 안 맞는다는 등의 핑계로 걸핏하면 직장을 때려치우는 자식들, 취업 대신 창업을 하고 싶으니 초기자금을 대 달라고 당당히 요구하는 자식들, 결혼 후에도 생활비를 보태 달라는 자식들, 또는 이혼 후에 자기 멋대로 자녀들을 떠맡기는 자식들 때문에 노년이 편치 않은 부모들을 흔히 볼 수 있다.

　심지어 노령의 부모에게 과도한 요구를 하다가 들어주지 않는다고 폭력을 행사하는 중년의 자식들도 드물지 않다. 집에서 술만 마시는 자식에게 참다못해 넌 왜 나가서 일을 하지 않냐고 나무랐다가 살해당하는 일도 생긴다. 그들은 아무리 나이를 먹어도 부모는 영원히 자식을 돌봐야 하는 존재라고 생각하는 미성숙한 사람들이다. 혹은 자신의 실패를 모두 부모 탓으로 돌리고 원망하기 일쑤다.

　냉정하게 들리겠지만 어쩌면 이 모든 것이 자업자득일지도 모르겠다. 부유했든 가난했든 그 부모들은 대부분 어렸을 때부터 아이가 원하는 것은 뭐든지, 아니 아이가 원하지 않는 것까지 알아서 해 줬던 부모들이 아니었을까. 아이를 완벽하게 보호하는 것, 그것이 부모의 의무요 사랑이라고 믿지 않았을까.

　아이는 아무것도 할 줄 모르는 연약한 존재이기에 마땅히 부모가 일거수일투족에 관심을 갖고 세심하게 보살펴야 한다고 믿는 부모들이 너무 많은 것 같다. 과연 그럴까. 부모 쪽에서 자기 멋대로 아이가 무엇이든지 시도해 보고, 실패해 보고, 다시 도전해 보고 하면서 스스로 성장할 수 있는 기회를 원천적으로 봉쇄했던 건 아닐까.

　혼자 숟가락질을 하려는 아이에게 먹는 것보다 흘리는 게 더 많다면서 떠먹여 주고, 혼자 걷다가 넘어지면 다시 일어설 기회도 주지 않고 냉큼 달려가 일으켜 주고, 학교에 갖고 갈 준비물을 챙겨 주고, 숙제를 대신 해 주고, 심지어 자식이 대학생인데 수강신청을 대신 해 주고 더 나아가서 취업면접장에 따라가는 부모들까지 있단다.

　한마디로 과잉육아다. 부모가 자기 인생을 살 생각을 하지 않고 아이가 성인이 됐는데도 아이에게 올인하면 자기 인생을 빼앗긴 아이는 도대체 무슨 재미로 사나. 아니 내가 걱정할 필요도 없을지 모르겠다. 어렸을 때부터 그렇게 길이 들다 보면 오히려 그게 당연하고 편하다고 생각될 테니까.

그러다가 부모가 백 살이 되어 죽음을 맞으면 칠십이 된 자식은 누구에게 의존하고 살까. 어쩌면 늙은 자식의 앞날이 걱정되어 차마 죽을 수 없어 영원히 살지도 모르지. 미안하지만 너무 답답해서 심술궂은 상상을 해 본다.

공감능력 : 아이의 감정을 존중하라

　두 살짜리 외동아들을 키우고 있다는 워킹맘이 물었다. 일과 육아를 양립하기가 너무 힘들어 둘째 낳기는 포기한 상태다, 그런데 우리 사회가 점점 더 다른 사람들과 더불어 일할 수 있는 협업력을 요구하고 따라서 공감능력이 필수라는데 우리 아이처럼 쭉 외동으로 자라다 보면 공감능력이 떨어지지 않을까 걱정된다, 그래서 일찌감치 공감능력을 길러 주는 쪽으로 키우고 싶은데 엄마가 어떻게 해야 하나요?

　나는 농담 반에 진담 반을 섞어 대답했다. '에구, 제일 쉬운 방법을 제쳐 놓고 답을 찾으니 참 어렵네요.' 실은 농담 반 진담 반이 아니라 진담 90퍼센트에 농담은 고작해야 10퍼센트 정도쯤 되겠지. 하지만 둘째를 낳고 싶어도 현실적인 제약으로 마음을 접어야 하는 워킹맘들을 숱하게 봐 온 처지에 나이 든 사람이라고 막무가내로 '아무리 힘 들어도 애는 최소한 둘은 낳아야지'라고 어깃장을 놓을 순 없지 않은 가. 대신 키워 줄 것도 아니면서.

아무튼 맘 놓고 아이를 낳고 키울 수 없는 나라에서 아이를 무사 히, 그것도 제대로 키워 내야 하는 젊은 엄마들이 너무 안쓰럽다. 더 솔직히 말하면 이런 나라에서 하나라도 낳을 용기를 내었으니 참으 로 가상하다. 이왕 고생을 감수하는 김에 '하나만 더 낳으면 얼마나 좋을까'라는 아쉬움을 버릴 순 없지만.

물론 나라의 미래를 위해 국민 된 도리로서 아이를 하나 더 낳으 라는 그런 이야기는 결코 아니다. 앞으로 인구절벽현상이 초래할 위 기에 대해서 이러쿵저러쿵 호들갑스러운 전망들이 난무하지만 인구 가 줄어들면 줄어든 대로, 그땐 그때대로 새로운 길이 열리겠지 하는 게 태생적으로 낙천주의자인 내 생각이다. 혹시 세계가 놀랄 만한 획 기적인 출산장려정책이 나와서 젊은이들이 다투어 아이를 낳고 싶어 하는 그런 날이 올지도 모르잖는가. 세상의 모든 것은 변화하기 마련 이고 인간은 상상 이상으로 적응력이 뛰어난 동물이니까.

내가 아쉬워하는 이유는 그저 아이가 둘 이상 있으면 엄마가 굳이 아이의 공감능력을 어떻게 키워 줘야 할지 크게 걱정하지 않아도 좋 을 텐데 하는 마음에서다. 예전 많은 형제 속에서 부대끼며 살았던 우 리 세대라면 다 인정하듯, 형제가 많으면 공감능력 같은 건 일부러 키 워 주네 마네 할 것도 없이 저절로 생겨날 수밖에 없기 때문이다.

그러고 보면 한집에서 살면서 언제라도 함께 다양한 놀이를 할 수 있다는 것만으로도 형제를 낳아 준 부모는 아이들에게 그 어느 것보다 값진 선물을 하는 셈이다. 그리고 부모의 사랑을 두고 형제들끼리 서로 경쟁하는 과정에서 양보와 타협, 배려와 위로를 저절로 배우고 익힐 수 있으니 얼마나 바람직한 일인가. 끊임없이 형제들과 부대끼면서 다른 형제들의 감정과 관점, 역할을 마치 자신의 것처럼 느낄 수 있게 되고, 그것을 서로 나누고 소통할 수 있는 능력이 바로 공감능력이니까. 형제가 있다는 것은 외동으로 자라는 것보다 공감능력을 키우기 훨씬 쉬운 조건을 이미 구비해 놓은 셈이다.

하지만 외동이면 무조건 공감능력이 남보다 떨어질 거라고 지레 걱정할 필요는 없다. 그 대신 아이가 여럿 있는 부모보다 조금 더 신경을 써 주면 된다. 아이의 공감능력을 키워 주기 위해서 부모가 해야 할 가장 중요한 과제는 어렸을 때부터 아이가 친구를 폭넓게 사귈 수 있도록 이끌어 주는 것이다. 그런데 이게 쉬운 것 같지만 생각보다 쉽지 않은 과제다.

왜냐하면 지금 젊은 부모들도 친구들을 폭넓게 사귄 경험이 별로 없기 때문이다. 그들이 한창 자라나던 고도 압축성장시대에는 많은 부모들이 아이에게 다른 아이를 더불어 살아갈 동반자가 아니라 밟고 넘어가야 할 경쟁자로 생각하도록 가르쳤다. 더 구체적으로 말하자면 모든 아이들이 하나하나 다 존중받아야 할 소중한 친구들이라는 가르침이 아니라 나보다 공부 잘하는 아이에겐 질투심을, 나보다 공부 못하는 아이에겐 우월감을 느끼도록 암묵적으로 혹은 노골적으로 가르쳐 왔다는 뜻이다. 슬프지만 사실이다.

또한 친구를 사귀어도 환경이나 성격, 취향이 나와 다른 사람이 아니라 나와 비슷한 사람을 가려서 사귀도록 가르쳤다. 심지어는 부모가 나서서 아이에게 잘 어울린다고 판단되는 친구를 골라 주는 경우도 드물지 않았다. 참 씁쓸한 이야기지만 당시에도 적지 않은 전업맘들이 자신의 아이가 워킹맘의 아이와 사귀는 것을 못마땅하게 여겨 말리는 경우가 적지 않았다.

아이들의 교우관계에 대한 부모들의 이런 식의 간섭은 결과적으로 많은 아이들이 나중에 사회생활을 해 나가는 데 있어서 자신과 다른 의견에 부딪쳤을 때 타협하고 조정하는 능력, 그리고 자신보다 어려운 환경에 처한 아이에 대한 배려를 배우는 데 큰 걸림돌로 작용할 수밖에 없었다.

그렇다면 이제 그렇게 자란 아이가 부모가 되어 내 아이에게 다른 아이들과 유연하게 관계를 맺을 수 있도록 공감능력을 키워 주려면 어떻게 가르쳐야 할까. 무엇보다 부모 스스로 자신을 성찰하고 자신에게 과연 얼마만큼의 공감능력이 있는지 냉정하게 평가할 수 있어야 한다. 평소 나와 다른 사람과 허심탄회하게 대화를 나누며 살았는지, 아니면 선을 그어 놓고 살았는지 돌아보면 자신이 어떤 사람인지 알 수 있다. 아이의 공감능력을 키워 주려면 부모부터 마음을 열어야 하는 이유다.

아니 다른 사람들과의 관계 이전에 내 아이와 자신의 관계에 대해서 정직하게 들여다보아야 한다. 전문가들에 따르면 아이의 공감능력을 키워 주려면 어렸을 때부터 부모가 아이의 감정에 공감해 주는 것이 가장 중요하다고 한다. 아이가 예상 외의 감정을 표현할 때도, '왜 그렇게 느끼냐?'고 다그치거나 '그렇게 느끼면 안 돼!'라는 식으로 나무라지 않아야 한다. 아이가 부정적인 감정을 드러내더라도 일단은 아이의 감정에 긍정적으로 반응하는 것, 즉 공감하고 수용하는 것이 가장 중요하다는 말이다.

나는 평소 강연 중에 아이와의 대화, 공감의 중요성에 대한 이야기를 많이 하는 편이다. 그럴 때마다 아이의 감정에 공감했던 에피소드를 꼭 집어 이야기해 달라는 엄마들이 의외로 많은 것 같다. 자신들은 아무리 생각해도 그냥 '그랬어, 그랬구나'라는 추임새를 넣는 정도밖에는 표현할 방법을 잘 모르겠다는 것이다.

나도 아이 키웠던 일이 아득한 과거사가 되어 가는 마당이라 사실 기억나는 에피소드들이 별로 없는 처지다. 그렇다고 소설을 쓸 수도 없고 그나마 아스라이 기억나는 사례들은 『믿는 만큼 자라는 아이들』에서 이미 대부분 울궈 먹은 내용들이다.

재탕이지만 그중에서 한 에피소드를 여기서 다시 써먹자면, 둘째가 다섯 살쯤 되었을 때 일이다. 어느 날 아이가 눈물을 글썽이며 내게 말했다. '엄마 나 외로워'라고. 순간 황당했다. 아니 이제 겨우 다섯 살밖에 안 된 놈이 외롭다니. 엄마 아빠 형 동생 다 있는 놈이 생뚱맞

'외롭니? 그래 외롭구나. 엄마도 외로워.'
다섯 살짜리의 외로움이 내 몸으로 전해지면서
나 역시 애써 잊고 살았던 외로움이
생생하게 되살아났다.

게 외롭다는 말을 쓰다니. 뭐 이런 놈이 다 있지?

하지만 이미 아이를 꼭 껴안은 내 입에서 나온 말은 달랐다. '외롭니? 그래 외롭구나. 엄마도 외로워.' 다섯 살짜리의 외로움이 내 몸으로 전해지면서 나 역시 애써 잊고 살았던 외로움이 생생하게 되살아났다. 그 순간은 모든 인간은 외로운 존재라는 말이 그냥 멋으로 하는 말이 아니라 절실하고 절대적인 진실이라는 걸 온몸으로 느낄 수 있었던 경이로운 시간이었다. 다섯 살짜리 아들과 서른네 살짜리 엄마의 완벽한 공감의 순간이었다. 다섯 살짜리는 기억 못하겠지만 내겐 경이로운 경험으로 영원히 저장되어 있는 장면이다.

또한 부모는 아이의 말을 중간에서 가로채지 말고 끝까지 경청해야 한다. 아이의 말을 들을 때도 억지로 참으면서 건성으로 듣는 것이 아니라 아이와 눈을 맞추면서 아이의 마음에 진심으로 다가가야 한다. 흔히 아이의 말이 왔다 갔다 하거나 빗나간다 싶으면 부모는 빨리 바로잡고 싶은 마음에 아이의 말을 치고 들어오려고 한다. 어차피 두서없는 이야기를 끝까지 들어주는 것이 피차 시간낭비같이 생각되기 때문이다. 그래서 자기 식으로 아이의 말을 요점 정리하고 결론까지 내놓기 일쑤다. 그러나 아이로 하여금 충분히 자신을 표현하게 하고 중간중간 적절한 반응을 보여 주다 보면 어느새 아이는 자신의 말이 어디서부터 잘못되었는지 스스로 깨닫게 된다.

공감능력이 발달한 아이들은 행복도가 높고 자기감정을 잘 조절할 수 있으며 교우관계가 원만하다고 한다. 게다가 자율성과 집중력

도 높아 스스로 공부하는 능력도 뛰어나다고 하니, 자나 깨나 아이 공
부에 신경을 쓰는 부모들에겐 더할 나위 없이 반가운 소식이 아닐까.

사고력 : 아이에게 선택의 기회를 주라

　최근 여러 방송에서 미래교육에 관한 다큐멘터리를 연달아 방영해 준 덕분에 나 같은 순진짜원조 아날로그인간도 디지털세계와 조금이나마 친숙해진 기분이다. 문외한인 내 눈에도 선진국들에서 이뤄지고 있는 미래교육은 예상했던 대로 벌써 상당히 높은 수준에 이른 것 같았고, 우리나라에서도 이미 알게 모르게 곳곳에서 시범적으로 미래교육을 실시하고 있어서 은근히 놀랐다. 무언가 새로운 일에 접할 때마다 아, 내가 아는 세계가 전부가 아니구나 하고 뒤늦게 반성할 때가 많은데 이번에도 그런 느낌이었다.

　국적을 막론하고 가장 인상적이었던 점은 어느 나라든 아주 어린 아이들이 능숙하게 컴퓨터를 다루고, 코딩작업을 하고 프로그램을 만드는 데 거침이 없을 뿐만 아니라 작업과정을 무척 즐긴다는 것이었다. 그리고 어디서든 혼자가 아니라 여러 친구들과 머리를 맞대고 함께 문제를 해결해 나간다는 점도 눈에 띄었다. 다투어 아이디어를 내고, 설사 실패를 할지라도 조금도 위축되지 않고 서로 의견을 나누면서 몇 번이고 거듭 시도해 보는 모습들은 경이롭다 못해 거의 감동적이었다.

지도교사는 문자 그대로의 지도나 지시를 하는 대신 아이들에게 끊임없이 질문을 하는 사람이었다. 우리나라에서 이미 시범적으로 실시되고 있고 곧 학교에서 본격적으로 실시될 예정이라는 코딩교육도 단순히 기술을 가르치기 위한 것이 아니라, 결국 아이들 스스로 문제를 해결해 나갈 수 있도록 생각하는 힘을 키워 주기 위한 것이라는 게 교육을 담당한 사람들의 한결같은 설명이었다.

한마디로 미래에 유연하게 대처하기 위해서 요구되는 가장 중요한 역량 중 하나가 사고력이라는 말이었다. 이 부분에서 고가의 최신 스마트폰을 선물 받고도 겨우 카톡기계 정도로밖에 사용하지 못하는 주제에, 무슨 염치로 미래를 살아갈 아이들을 이렇게 키워라 저렇게 키워라 하고 훈수를 두고 있나 처음부터 주눅이 들었던 나는 비로소 조금 마음이 놓이는 기분이었다.

그것 봐, 기술도 중요하지만 그보다 더 중요한 것은 다른 능력들, 즉 그동안 내가 주야장천 떠들어 댔던 가장 기본적인 것들이라고 하잖아. 아이 잘 키우는 비법은 어느 때나 변하지 않는 거야.

미래가 요구하는 역량들, 창의성이나 자발성 그리고 공감능력은 모두 사고력이 받쳐 주어야 가능한 능력들이다. 스스로 생각하는 힘이 약하면 결국 남의 생각에 조종받을 수밖에 없게 되어 자기 삶을 주체적으로 꾸려 나갈 수 없다. 남의 생각만 따르다 보면 자신의 욕망이나 직관을 무시하게 되니 창의성이 발현될 리 만무하고, 스스로의 가치를 모르거나 존중하지 않는 사람이 타인에 대한 배려나 공감을 하기는 더욱 어려울 게 뻔하다. 그러니까 내 아이가 앞으로 긴 인생을 제대로 살아 나가기 원한다면 책을 달달 외워 성적 올리기에 집중하게 할 게 아니라 언제 어떤 문제에 부딪치더라도 당황하지 않고 침착하게 해결책을 찾아 나가는 힘, 바로 생각의 힘을 키워 주어야 한다.

모든 사람은 원래부터 생각하는 능력을 타고난 존재들이다. 하지만 부모들은 아이에게도 생각이라는 게 있긴 하겠지만 그 생각하는 수준이 어리석거나 엉뚱할 때가 많으므로 철이 들어 제대로 생각할 수 있을 때까지는 부모가 알아서 대신 생각해 줘야 한다고 여기기 일쑤다.

그래서 어렸을 때부터 아이의 생각을 키워 줄 생각은 하지 않고 부모의 생각을 이식시킬 생각만 한다. 아이를 자신보다 더 사랑한다는 부모들일수록 아이가 생각할 기회를 아예 봉쇄하려 한다. 아이가 마음대로 장난감이나 책을 고르고 싶어 할 때도 아이의 취향은 물어보지도 않고 부모가 좋다고 생각하는 것들을 마음대로 골라 준다.

아이에게 선택의 기회를 주면 아직 생각이 여물지 않았기 때문에 저한테 맞지도 않는 엉뚱한 걸 고른다는 이유에서다. 남자아이인데 여자아이나 갖고 노는 인형을 고르거나, 책을 고를 때도 저한테 유익한 책이 아니라 표지만 화려한 쓸데없는 책들만 골라 들기 때문에 귀찮아도 부모가 골라 줘야 한다는 것이다. 만약 아이가 부모 말을 고분고분 따르지 않고 자기가 고른 책을 끝까지 갖겠다고 주장하면, 아이에게 왜 그 책을 골랐는지 묻지도 듣지도 않은 채 무조건 '떼를 쓴다'고 나무란다. 부모의 취향과 다른 아이의 취향은 곧 반항으로 통하는 것이다.

그렇다면 아이가 자라서 학교 다닐 때가 되면 아이에게 선택의 기회가, 생각할 기회가 주어지는가. 아니다. 불행하게도 우리 사회에서는 학생이라는 이름의 아이에게는 아예 선택의 기회가 없다. 그에게 부여된 기회는 단 하나, 공부할 기회밖에 없다. 공부와 관련된 생각 이외의 다른 모든 생각은 부모와 교사에 의해서 엄격하게 '딴생각' 또는 '잡생각'으로 규정된다. '딴생각 말고 그저 공부나 해!'

부모와 교사는 말한다. 공부는 때를 놓치면 안 된다고. 그러므로 딴생각은 대학에 들어간 다음에 하라고. 하지만 생각하는 힘을 억눌린 채 20년을 살아야 했던 아이들이 대학에 들어갔다고 하루아침에 생각하는 힘을 회복하기를 바라는 건 환상일 뿐이다. 그 사실을 어른들은 왜 모르는 척하는 걸까.

어느 날부터 갑자기 부모는 청년이 된 아이가 실수를 저지르면 '아, 얘가 그동안 생각을 할 시간이 없어서 실수를 했구나'라고 너그럽게 이해해 주는 대신 다짜고짜 '다 큰 애가 도대체 생각이 있는 거니, 없는 거니?'라며 윽박지른다. 혹은 '네가 그렇게 생각이 없는 앤 줄 몰랐다'는 식으로 아이를 질책한다. 그동안 공부 이외에는 생각할 기회를 주지도 않았으면서 이제 와서 생각이 모자라다고, 생각이 없다고 모욕하는 것이다.

어느 시대나 어른들의 눈에는 젊은이들이 '생각 없어' 보이게 마련이다. 그런데 예전에는 그 '생각 없음'이 '철없음'의 뜻으로 사용됐지만, 요즘엔 '생각하는 힘' 자체가 없어진 걸로 보인다는 게 문제인 것 같다.

아무튼 세상은 변하지 않는 듯 변하고 있다. 특히 우리 사회는 안 변하려고 용을 쓰다가도 어떤 변곡점을 맞으면 무섭게 변하는 다이내믹한 사회다. 순진한 낙관론자의 희망사항일지도 모르지만 조선시대부터 공고했던 학력위주사회도 요즘의 여러 정황으로 비추어 볼때 어느 순간 능력위주사회로 바뀔 수 있지 않을까.

그렇게 된다면 생명력이 넘치는 20년이라는 그 귀중한 시간을 공부에만 쏟아붓지 않고 생각의 힘을 키우는 데 고스란히 쓸 수 있지 않을까. 아니 어쩌면 넘치는 교육열과 자녀사랑을 주체할 길 없는 부모들이 이번에도 앞장서서 내 아이의 생각의 힘을 키워 주기 위해 올인하는 일이 벌어질지도 모르겠다.

하지만 그래 봤자 소용없을 거다. 생각의 힘은 스스로 생각할 때 자라는 거니까.

젠더력 : 젠더교육은 빠를수록 좋다

30여 년 전 마흔이 다 되어 여성학공부를 시작하면서 난 우리 사회에 만연한 성차별현상에 대한 새삼스러운 분노와 동시에 내 안에 뿌리 깊게 자리 잡은 성차별주의를 깨닫고 큰 충격을 받았다.

대학 졸업 후 여러 해 동안 기자생활을 하면서 공장지대 등 여성들의 삶의 현장을 구석구석 누비고 온갖 역경을 이겨 낸 여성들을 직접 만나면서, 우리나라가 이렇게 잘살게 된 데는 여성들의 헌신이 큰 몫을 차지한다는 것을 생생하게 느꼈던 나였다. 그러나 기자라는 활동적인 직업을 갖고 있고 또 워킹맘으로서 일과 가정의 이중부담에 허덕이면서도 스스로의 가치를 평가하는 데엔 놀라울 만큼 인색했다. 겸손해서가 아니라 무지의 소치였다.

당시 내 머릿속에는 아무리 여성의 능력이 탁월하다 해도 결국 세상을 움직이는 주인공은 남성이라는 고정관념이 철옹성처럼 굳게 쌓여 있었다. 남성과 여성은 신체적 조건이나 기질이 다른 만큼 어울리는 역할도 다를 수밖에 없고 따라서 사회적으로 명망 있는 지위를 남성이 독점하는 것은 당연하다고 믿었다. 아주 어렸을 때부터 남성과 여성은 워낙 그런 거라고 배워 왔기 때문이었다. 따라서 취재과정에서 일상다반사로 겪었던 성희롱이나 결혼과 출산으로 회사 내에서 받아야 했던 부당한 대우 등에 대해서도 순간적인 분노나 모멸감을 느꼈을지언정 구조적인 불평등으로 인식하지는 못했다.

둘째를 낳고 육아 때문에 직장을 그만두었을 때도 애써 쌓아 올린 커리어가 단절된다는 아쉬움보다, 오히려 나도 이젠 억척스러운 워킹맘 신세에서 벗어나 집에서 편히 애나 키우면서 남편 밥을 먹고 사는 팔자 좋은 여자로 신분상승한 것 같은 우쭐감이 더 컸다고 해도 과언이 아니다. 부끄러운 일이었지만 당시의 전반적인 사회분위기는 워킹맘을 그런 눈으로 보았다. 그렇게 해서 드디어 꿈에 그리던 전업주부의 삶이 시작되었지만 그 또한 녹록한 일이 아니었다. 육아와 가사는 늘 힘에 부쳤고, 나는 뼈가 빠지는 노동을 하는 사람이었지만 세상은 전업주부를 노는 사람이라고 불렀기 때문에 나의 자존감은 땅에 떨어졌다.

내가 뒤늦게 여성학을 공부해야겠다고 마음먹은 데는 직접적으로 주부에 대한 평가절하가 가장 큰 영향을 끼쳤다. 주부가 이렇게 엄청난 양의 노동을 하는데 왜 사회는, 그리고 주부 스스로도 자신의 일을 하찮게 여기는 걸까 의심이 피어오르기 시작한 때문이었다. 그다음으로 이어진 질문은 내가 여성임에도 불구하고 세상이 여성에 대해 규정하는 갖가지 부정적인 말에 고개를 끄덕였던 까닭은 과연 무엇일까 너무 궁금했다.

마흔이 다 되어서야 처음으로 세상과 자신에 대해서 왜?라는 물음표를 던지다니, 참 늦됐다. 하지만 아이로니컬하게도 이렇게 늦된 것은 거꾸로 그동안 내가 너무 모범생으로 살려고 애쓴 결과라는 점이다. 부모와 학교와 책과 미디어가 가르쳐 주는 것은 한 번도 의심할 필요도 없이 그냥 고대로 외우는 모범생. 착한 여자들이 곧잘 빠지는 함정이다.

나는 여성으로 40년이나 산 연후에야 난생처음으로 접한 젠더교육을 통해서 비로소 여성으로서의 정체성을 찾을 수 있었다. 그리고 성평등 없이는 진정한 민주주의는 성립될 수 없다는 중차대한 사실을 깨달았다.

최근 미투운동을 통해 드러난 일부 지식인 남성들의 왜곡된 성인식을 접하면서 내가 느끼는 감정은 분노보다는 안타까움에 가깝다. 나이가 지긋한 그들은 어렸을 때부터 가족을 제외한 모든 여성을 인격적인 주체가 아니라 성적 대상으로 보는 남성중심 성문화를 당연한 것으로 배워 왔을 것이다.

그렇다 보니 어떤 분야에서든 여성에 대해서 크고 작은 권력을 행사할 수 있는 자리에 오르면 그들은 자신이 그 여성의 몸에 대한 권력도 가졌다고 착각하기 쉽다. 그들은 성희롱이나 성추행을 일상적으로 자행하면서 그것이 총애라고 강변한다. 나이 든 남성들은 '딸 같아서' 혹은 '손녀 같아서' 성추행을 다반사로 저지르고 비교적 젊은 남성들은 '연애감정'이라는 식으로 성폭력을 정당화하기 일쑤다. 자신의 권력에 취해서 그들은 약자의 위치에 선 여성이 느낄 수치심이나 모멸감은 아예 무시해 버린다.

내가 성차별에 눈을 뜨던 80년대부터 성차별을 타파하고자 애쓴 여성들은 무엇보다 교육의 중요성을 거듭 역설했다. 특히 교과서에 나오는 성차별, 성역할에 대한 고정관념을 지적, 수정할 것을 요구하고 어렸을 때부터 가정이나 학교에서 성평등에 대한 교육을 지속적으로 해야 한다고 주장했다.

아무튼 나는 페미니스트라는 말이 고작 여성에게 친절한 남성을 뜻하는 줄 아는 기성세대 남성들이 생각과 행동을 바꾸지 못하고 관행을 따르는 현상은 단기간에 뿌리 뽑을 수 없는 적폐라고 치부하더라도, 적어도 민주화의 물결 속에서 여성해방이나 페미니즘이란 말을 일상적으로 듣고 자란 젊은이들만큼은 많이 나아졌으리라고 믿었다. 실제로 주위를 둘러보면 일터나 가정에서 여성을 대등한 파트너로 인식하고 존중하는 젊은 남성들을 수없이 만날 수 있다. 몇 년 전만 해도 생소하기 짝이 없었던 남성들의 육아휴직도 서서히 늘어나고 있다는 뉴스도 반갑다.

그런데 어찌된 셈인지 여성에 대한 남성의 폭력사건은 오히려 갈

수록 늘어 가고 폭력의 정도도 점점 끔찍해지고 있다. 해마다 남편의 손에 목숨을 잃는 여성들의 숫자는 믿고 싶지 않을 정도다. 2017년의 경우 일주일에 한 명꼴로 죽었다. 애인이나 전남편, 전남친에 의한 죽음까지 합치면 훨씬 늘어난다. 게다가 여성의 신체부위를 몰래 찍어서 유포시키는 불법촬영자들은 또 왜 이리 늘어나는가. 나이도 직업도 제각각이다. 모르는 여성에게 마구 흉기를 휘둘러 사망에 이르게 한 강남역 사건은 여성들에게 '여성이 안전한 나라는 없다'라는 위기감을 불러일으켰고 우리가 얼마나 심각한 성차별사회에서 살고 있는지를 절감하게 했다.

성평등한 사회를 요구하는 여성들의 목소리를 남성에 대한 공격으로 받아들인 일부 남성들은 극심한 여성혐오로 대응했고, 이에 맞선 여성들 역시 극심한 남성혐오로 맞받아치고 있는 것이 오늘의 현실이다. 남성과 여성이 점점 서로에게 날을 세우는 어처구니없는 모습을 보고 있으려니 30여 년 동안 성평등사회를 앞당기기 위해 노력해 왔던 나로선 가슴이 아리고 쓰리다. 과연 모든 인간이 성별과 인종, 국가, 직업, 연령의 차이에 따른 차별 없이 인격적으로 존중하고 서로 조화롭게 사는 세상을 꿈꾸는 페미니즘의 이상은 실현 불가능한 꿈에 머무를까.

더욱이 법과 제도에서의 차별은 눈에 보이는 것들이기 때문에 뜯어 고칠 수 있는 반면, 일상생활에서의 차별 그리고 의식과 무의식에서의 차별은 정말 세심하고 끈기 있게 노력하지 않으면 드러내기도 어렵고 고치기는 더욱 힘들다. 서너 살 된 아이들도 성차별적 발언을 서슴지 않고 뱉어 낸다. 놀이터에서 조그만 아이들끼리 놀다가 '넌 남자애가 왜 그렇게 겁이 많니'라거나 '쟨 여자애치고 너무 힘이 세'라는 식의 말을 들을 때, 유치원 다니는 손녀가 다이어트 한다며 한사코 밥을 안 먹으려고 해서 힘들다는 어느 할머니의 말을 전해 들을 때, 난 내가 너무 까칠해서 아무것도 아닌 말에 신경을 쓰는 건 아닌가 스스로 반성할 지경이다.

말할 것도 없이 부모를 비롯한 주위 어른들의 영향이다. 요즘 부모들 중에 어느 누가 아들딸을 젠더의식이 없는 아이로 키우고 싶어 할까만 그게 생각만큼 간단하지가 않기 때문이다. 젊은 부모들 스스로가 윗세대보다는 낫지만 아직도 성평등에 대한 의식수준이 뒤죽박죽 상태이기 때문이다. 많은 부모들이 경우에 따라 자기도 모르게 성평등의 기준을 달리 적용하기 일쑤다. 예전처럼 딸아들을 차별하지 않고 오히려 딸을 아들보다 더 우대하는 부모도 많지만 외모나 태도, 옷차림에 대한 간섭에 있어서는 여전히 뚜렷하게 차이 난다. 전공이나 진로 선택에서도 성별에 따라 다른 기준을 적용하는 부모들이 많다.

솔직히 말해 지금 우리 사회 분위기를 볼 때, 기껏해야 옷이나 소지품 장난감 등의 색깔을 딸은 분홍, 아들은 파랑 하는 식으로 획일적으로 구분하지 않는 정도, 또는 일상생활 속에서 '여자애가'나 '남자애가'라는 말을 자주 쓰지 않는 정도만 해도 대단한 페미니스트로 불리는 게 현실이다.

Chapter 4

창의적인
부모는
창의적인
환경을 만든다

'해야 하는 공부'에서 '하고 싶은 공부'로

공부 잘하는 아이는 암기 잘하는 아이였다. 내가 학교에 다닐 때도 교과서를 통째로 달달 외우는 아이들이 여럿 있었다. 공부 잘하는 아이는 필기도 완벽하게 했다. 수업시간에 선생님이 하는 말은 토씨 하나도 빼놓지 않고 받아 적었다. 심지어 선생님이 가끔 하는 농담까지 빠뜨리지 않았다. 믿거나 말거나이지만 어떤 아이는 영한사전을 처음부터 끝까지 독파하는 것도 모자라 한 페이지를 다 외우고 나면 찢어서 잘근잘근 씹어 삼켰다는 이야기도 돌았다.

아무튼 우리 시대는 그랬다. 뭐든지 무조건 꾸역꾸역 외워야 했다. 수업시간에도 질문이 허용되지 않았다. 질문 많이 하는 아이는 선생님만 아니라 반 친구들한테도 미움을 받았다. 수업진도를 방해한다는 이유에서였다. 선생님은 질문하는 아이를 불량학생 취급했다. '공부는 못하는 애가 왜 그리 질문은 많냐?', '가르칠 때 집중을 안 하니까 무슨 말인지 모르는 거야'라며 질문에 답을 하는 대신 질문하는 자체를 비난했다.

우리는 그렇게 공부했고 그렇게 일했으며 그렇게 살아왔던 세대다. 전통이 시키는 일, 윗사람이 시키는 일이면 마음에 안 들어도 감히 토를 달지 않고 순종하며 살았다. 이해가 잘 되지 않아도 질문하는 대신 암기하고 또 암기하며 따랐다. 모두들 그렇게 살아왔기에 우리나라가 그토록 짧은 기간에 엄청난 경제성장을 이룰 수 있었던 게 아닐까. 무슨 일이든 시키는 일이면 기필코 해냈으니까.

한마디로 내 또래 세대들은 모두 성실한 모범생들이다. 내가 살아온 반경이 좁아서 그런지 모르지만 몇 번이고 둘러봐도 내 주위에선 이른바 '튀는 사람'을 찾을 수가 없다. 모두들 평생을 남의 눈에 '튀는 사람'으로 보이지 않으려고 애쓰며 살아왔다. 남보다 높은 사람, 남보다 잘사는 사람은 되고 싶어 했지만 튀는 사람은 절대 사절이었다.

모범생은 틀에 박힌 사람이다. 스스로도 틀을 벗어나지 않으며 혹시 누군가 틀을 벗어나는 사람이 있으면 비난하거나 혐오하는 사람들이다. 그러다 보니 자신과 다르게 사는 사람들에 대해서는 실생활에서나 심리적으로 높은 벽을 쌓아 올린다.

그들은 자신이 살아온 것처럼 자식들도 틀에 가둬 놓고 키웠다. 아이들이 좋아하는 일보다 남들이 부러워하는 일을 하기를 원했다. 아이들이 간혹 틀을 벗어나려고 하면 엄하게 통제했다. 예전과 달라진 것이 있다면 자신이 자랄 때와는 달리 물질적으로는 아낌없이 지원해 주는 부모들이란 점이다. 학교에서도 우리 세대의 자녀들은 부모 세대와 똑같이 주입식 교육을 받았다.

이제 부모가 된 그들은 시대의 변환기를 맞아 아이들을 어떻게 키워야 할지 확신이 서지 않아 전전긍긍하고 있다. 무엇보다 앞으로의 시대엔 암기력보다 창의력이 중요하다는데 그 창의력이란 걸 어떻게 키워 주어야 하는지 막막하기 짝이 없다. 가장 답답한 건 부모 스스로 평생을 창의력을 발휘해 본 적이 없기에 창의력이란 말만 들어도 껄끄럽게 느껴진다는 문제다. 자기하곤 아무 상관 없는 능력으로 느껴지는 걸 어떻게 아이한테 기대할 수 있겠나 싶어 지레 주눅이 드는 것이다.

내 생각엔 부모들이 창의력에 대해서 쉽게 오해하는 것들이 몇 가지 있지 않나 싶다. 우선 부모들은 창의성을 굉장히 좁은 틀에 가둬 놓는 것 같다. 어떤 사람을 창의적인 인간이라고 생각하느냐고 물으면 부모들은 대부분 전 인류가 다 이름을 기억하고 있는 뛰어난 예술가들이나 과학자들, 발명가들을 꼽는다. 레오나르도 다빈치, 뉴턴, 에디슨, 스티브 잡스, 백남준 등이 일순위로 거론되는 사람들이다.

다음으로는 창의적 인간은 워낙 타고나는 것이지 길러지는 것이 아니라고 믿는다. 그야말로 유전자 절대주의의 신봉자다. 또 그렇기 때문에 창의적인 인간은 어렸을 때부터 엉뚱하거나 괴팍한 짓을 잘 저질러서 다른 아이들과 확연히 구분될 거라고 믿는다. 창의적인 사람들이 내는 번쩍이는 아이디어들은 말 그대로 '번쩍' 하고 떠오르는 것이지, 머리를 싸매고 궁리한다든가 책을 파고들거나 수많은 시행착오를 겪으면서 나오는 것이 아니라고 생각한다. 즉 창의적인 사람들은 처음부터 '번쩍' 하고 떠오른 아이디어로 승부를 내는 사람들이지 보통사람들처럼 거듭되는 실패와 좌절 따위는 거치지 않을 거라는 생각이다.

물론 누구나 아는 것처럼 창의력은 개념을 달달 외운다고, 남보다 단순지식을 많이 쌓았다고 해서 생기는 것은 아니다. 그렇다고 생물학적으로 타고나는 것도 아니다. 창의력은 오직 자유롭고 창의적인 환경과 분위기 속에서 자발적이며 다양한 경험을 통해 자연스럽게 체득되는 것이다. 어렸을 때부터 아이에게 자유로운 환경을 만들어주는 것이 얼마나 중요한지 여기서도 확인할 수 있다.

그렇지만 흔히들 짐작하듯이 아이가 무작정 자유롭게 놀기만 한다고 해서 어느 순간 '번쩍' 하고 창의력이 찾아오는 건 더욱 아니다. 창의력은 무에서 저절로 생겨나는 것이 아니라 그동안 꾸준히 쌓아올린 자산 위에서만 꽃이 피는 것이다. 전문가들은 창의력을 키우려면 '거인의 어깨 위에서 세상을 보아야 한다'고 강조한다. 즉 창의력을 키우려면 공부를 많이 해야 한다는 뜻이다. 이쯤 되면 '그럼 그렇지, 역시 공부가 기본이야'라고 무릎을 치면서, 아이에게 '그러니까 뭐니 뭐니 해도 공부를 열심히 해야 해'라며 다시금 고삐를 죄는 부모도 있을 것이다.

오해 마시길. 창의력을 키우기 위한 공부는 이전처럼 학교성적을 올리기 위해서 '해야 하는' 주입식 공부가 아니라 미래의 꿈을 위해서 '하고 싶은' 공부, 남보다 앞서가기 위한 공부가 아니라 '나를 성장시키기 위한 공부'여야 한다.

창의력을 키우는 공부는 다양한 사람들과 부대끼면서 배울 수도 있고, 다양한 활동을 통해서도 배울 수 있지만 무엇보다도 공간과 시간의 제약을 덜 받는 가장 좋은 방법은 다방면에 걸친 독서라고 할 수 있다. 인문학만 공부할 것이 아니라 인문학적 관점으로 과학을 보거나 과학적 기초 위에서 인문학을 상상할 때 인간의 상상력과 창의력은 크게 확장된다.

그러므로 부모가 가르쳐 줄 수 없다는 생각에 창의력을 키워 준다는 학원에 보낼 일이 아니라 틈만 나면, 아니 틈을 내서 아이와 함께 서점이나 도서관 나들이하기를 권한다. 물론 부모가 아이에게 읽히고 싶은 책들을 일방적으로 골라 주지 말고 아이 스스로 고르도록 기회를 줘야 한다. 자유롭게 책을 고르다 보면 처음엔 시간도 많이 걸리고 중구난방으로 이런 책 저런 책을 골라서 부모를 짜증나게 하겠지만, 자기 마음대로 책을 고르는 데 부모가 아무 간섭도 안 하는 것이 습관이 되면 저절로 선구안이 생기게 마련이다.

그보다 더 쉽고 효율적인 방법은 부모 자신도 평소 틈만 나면 늘 책을 가까이하는 모습을 자연스레 보여 주는 것이다. 부모는 TV나 스마트폰만 들여다보면서 아이에게 왜 책을 안 읽냐고 해 봤자 반발만 살 뿐이지 아무 소용이 없다. 독서라는 행위가 해야 할 의무가 아니라 즐거워서 하는 놀이가 될 수만 있다면 아이는 창의력뿐만 아니라 부모들이 그토록 원하는 학업성적까지 올릴 수 있으니 일거양득이 아닌가.

당신의 아이는 부모를 닮아서 원래 창의력이 없는 아이라고? 당신은 창의력 따윈 필요 없는 시대에 키워졌기 때문에 창의력을 키울 기회가 없었을 뿐이다. 아이가 창의력을 발휘하기를 바란다면 그렇게 키우면 된다.

아들 키우기가 더 어려워요

여섯 손주 중 손녀는 셋인데 머리를 길게 기른 아이는 넷이다. 손자들 중 제일 나이가 어린 녀석은 요즘 긴 머리를 고무줄로 질끈 묶고 다닌다. 머리숱이 어찌나 풍성하고 윤기가 자르르 흐르는지 날이 갈수록 정수리가 비어 가는 할머니는 부럽기만 하다.

녀석이 머리를 기르기 시작한 건 아마 3년 전쯤부터인 것 같다. 대학에서 가르치는 일을 하는 제 아빠의 연구년에 맞춰 온 가족이 한 해 동안 미국에서 살 때였으니까. 초등학교 2학년을 한 학기 마치고 미국학교에 편입한 녀석은 두 살 위인 형과는 달리 가자마자부터 머리 깎는 것을 완강히 거부했다. 부모는 당황했지만 그렇다고 억박지르지도 않았다. 어린 나이에도 무언가 한국과는 다른 자유로운 분위기를 느껴서 그런가 보다고 생각했다.

우리 부부가 아들네 집에 들러 함께 여행을 했을 때 네바다 사막 한복판에서 장신구를 파는 인디언할머니를 만난 적이 있었다. 그 할머니는 녀석을 지긋한 눈길로 한참 동안 바라보더니 딱 자기네 손자를 닮았다며 웃었다. 그때는 긴 머리를 헤어밴드로 말끔히 뒤로 넘겼을 때였는데 그러고 보니 영락없이 예전 서부영화에 나오는 꼬마인디언처럼 보였다.

한국에 돌아오면 자연스레 머리를 깎으려니 했는데 그것도 아니었다. 남자아이가 긴 머리를 찰랑거리며 돌아다니니 당연히 친구들이나 그 엄마들의 관심을 끌어 때로는 놀림도 당했지만 녀석은 끄떡없었다. 사람들이 자꾸 힐끔힐끔 쳐다보고 관심을 보이면 좀 창피하지 않느냐고 엄마가 물어보니 단호하게 '아니'라는 답이 돌아왔다. 엄마 말로는 부끄러워하기는커녕 사람들의 관심거리가 되는 것을 오히려 즐기는 것 같다고 했다. 나는 평소에 수줍음을 잘 타는 녀석이 남들의 시선을 즐기다니 정말 멘탈 갑이구나 놀랄 뿐이었다.

재미있는 것은 녀석의 영향을 받아선지 학년마다 한두 명씩 머리를 기르는 남자아이들이 생겨난다고 한다. 난 녀석 덕분에 어린이들 사이에서 최소한 외모에 대한 고정관념이 조금이나마 무너지는 것 같아 속으로 꽤 반가웠다. 아무튼 뭐든지 다양해야 재미있으니까.

둘째 손녀는 어렸을 때부터 모험심이 많아 웬만한 일에 겁을 내지 않았다. 서너 살쯤 됐을 때 무슨 행사가 있어 손주들 세 명을 데리고 시청 앞 광장에 나간 적이 있었다. 당시 잔디밭에 기둥을 높이 세워

그네를 매달아 놓고 원하는 사람은 마음대로 탈 수 있게 했다. 다른 아이들은 무섭다고 뒷걸음질치는데 이 겁 없는 소녀는 용감하게 그네에 올랐다. 그러곤 아이가 혹시 다치면 어떡하나 내 눈치만 보는 도우미에게 '더 힘껏 밀어 달라'고 주문했다. 주위에 있던 모든 사람들이 뭐 이런 대담한 아이가 다 있나 싶은 표정으로 손녀의 그네 타는 모습에서 눈을 떼지 못했다.

초등학교에 들어가서도 친구들 사이에 가장 씩씩한 아이로 소문이 난 모양이다. 내가 짐짓 너희 반 남자애들보다 네가 더 씩씩하냐고 물으니 '남자아이들 중에는 씩씩한 애가 없어요, 다 얌전해요'라고 한다. 아마 남자아이들은 워낙 얌전한 존재들인데 할머니가 왜 물정 모르는 말을 하나 싶은 눈치였다.

소위 남자다움이나 여자다움이라는 것에 얽매이지 않고 자유롭게 생각하고 행동하는 손주들을 보면서 나는 만약 어른들이 어렸을 때부터 남자와 여자의 기질이나 역할에 대한 고정관념을 주입시키지 않으려 애쓴다면 아이들은 훨씬 자유롭고 열린 마음으로 성장할 수 있을 거라는 믿음이 강해진다.

아이들이 글자를 깨치기 전 부모가 동화책을 읽어 줄 때도 오래전부터 전해 오는 옛이야기라고 고리타분한 내용을 무조건 그대로 전달해 주기보다 성평등의 관점에서 새롭게 풀이해 주면 좋겠다. 다행히 요즘에는 아이들이 좋아하는 만화영화에서도 무조건 남성에게 의존하는 여성이 아니라 자기 운명을 스스로 개척하는 주체적인 여성상을 보여 주는 스토리가 대세인데 적응 느린 부모들이 오히려 어리둥절해하는 경우가 많은 것 같기도 하다.

물론 부모만 노력한다고 해서 아이들이 젠더의식에 눈을 뜨는 건 아니다. 교사들의 역할도 아주 중요하다. '넌 남자(여자)아이가 왜 그러니?'라는 식으로 교사들이 아이들을 지도하면서 무심코 내뱉는 한마디가 아이들의 생각에 미치는 영향은 절대적이다.

이전에는 남자나 여자에 대한 고정관념 없이 자유롭게 생각하던 아이가 어린이집에 다니기 시작하면서부터 갑자기 모든 것에 여자 남자를 따지는 말과 행동을 한다고 걱정하는 부모들이 꽤 있다. 블록놀이나 보드게임을 좋아하던 딸이나 아들이 어느 날부터 부엌놀이세트나 로봇에 꽂히는 식으로. 요즘 들어 아이들에게 어떻게 자신과 다른 성을 두려워하거나 업신여기지 않고 잘 지낼 수 있는 능력을 키워 줄 수 있을까 하고 묻는 부모들이 점점 많아지는 것 같아 그나마 마음이 한결 가벼워진다.

최근 2, 3년 동안 긍정적이든 부정적이든 페미니즘에 대한 사회적 관심이 높아지면서 페미니즘서적이 봇물처럼 쏟아져 나오는 중이다. 나에게도 페미니즘 관련 서적을 내 보자는 제안이 몇몇 출판사에서 들어왔다. 그중에서 가장 흥미 있는 제안은 '아들을 키우는 젊은 엄마를 위한 페미니즘'을 써 달라는 것이었다. 여러 가지 사정으로 제안에 응하진 못했지만 왜 하필이면 아들을 위한 페미니즘일까에 대해서 한동안 생각해 보는 계기가 되었다.

늘 듣는 이야기이지만 요즘처럼 아이 키우기 힘든 세상은 또 없을 거라는 게 부모들의 한결같은 하소연이다. 딸아들 구별 없이 공부 잘 시켜 좋은 대학 보내는 게 일차적으로 가장 중요한 걱정거리요, 그다음으로는 딸의 경우 생존과 직결된 안전의 문제, 아들의 경우는 자칫했다가 사회적 루저가 되거나 혹은 나중에 여성에게 당하고 살면 어떻게 하나 하는 걱정이 크다고 한다. 부모들이 걱정하는 딸과 아들에 대한 서로 다른 문제들에 이미 우리 사회의 성차별 지수가 고스란히 드러난다.

딸은 어렸을 때부터 항상 폭력의 대상이 될 수 있다는 위기감을 갖고 살아야 하며 아들은 평생을 경제적 능력에 대한 압박감 아래서 벗어날 수 없다. 게다가 사회적으로 성공한 남성들이 여성들에 대한 부적절한 행동으로 하루아침에 추락하는 모습을 목격하면서, 아들을 둔 엄마들은 자신의 아들을 어떻게 가르쳐야 어렸을 때부터 여성들과 올바른 관계를 맺을 수 있는지 걱정이 커 간다.

많은 아들 가진 엄마들이 일종의 피해의식에 사로잡혀 있는 듯하다. 요즘은 여자애들이 성격도 적극적이고 집중력도 뛰어나서 공부를 잘하기 때문에 남자애들은 자꾸 주눅이 든다는 것이다. 그들은 남녀가 서로를 존중하고 사이좋게 지내려면 아들 교육과 똑같이 딸 교육도 중요한데, 딸 엄마들은 딸들한테 어떻게 해서든 남자아이들을 이기라고만 가르친다고 불평했다. 즉 절대로 남자애에게 맞으면 안 된다는 교육만 하지 남자애를 때리면 안 된다는 교육은 하지 않는다는 것이다.

아들 엄마들은 지금도 앞으로도 딸보다 아들이 살기가 훨씬 어려울 거라고 걱정한다. 어려서는 똑똑한 여자애들한테 눌려 살고, 자라서는 아내에게 눌려 살고, 사회에서는 자칫했다간 성폭력 가해자로 몰려 패가망신할 가능성도 상존할 거라고 걱정한다. 그래서 아들 키우기가 딸 키우기보다 훨씬 힘들다고 요즘 아들 둔 엄마들은 입을 모아 하소연한다.

아무튼 아들 엄마들이 아들의 미래를 위해서라도 페미니즘에 대해 공부하는 기회를 가진다면 나로선 반가운 일이다. 물론 딸 엄마들도 딸의 앞날을 위해서 우리 사회가 어떻게 바뀌어야 하는지 고민하고 사소한 일부터라도 실천에 옮기기를 간절히 바란다.

엄마들이 나서야 세상이 바뀐다.

무언가 디자인하는 사람이 되고 싶어요

아이들이 어렸을 때 사람들은 TV를 바보상자라고 했다. 당시는 채널이 서너 개밖에 안 돼 프로그램의 숫자도 아주 적었다. 아이들 공부를 생각하는 엄마들은 아이들의 TV시청을 아예 금지하거나 어린이시간으로 제한했다. 나는 원래 뭐든지 구경을 좋아해서 그런지 TV가 바보상자라는 말에 별로 신경 쓰지 않았고 아이들 정서에 해악을 끼친다는 이론엔 전혀 동의하지 않았다. 내가 책을 뒤적이는 것만큼 TV보기를 좋아했기 때문이었다.

당시엔 만화책에 대한 부모들의 인식도 아주 부정적이었다. 난 어렸을 때부터 유별나게 만화를 좋아했다. 궁벽한 시골에 살던 때 어쩌다 읍내에 나가면 엄마를 졸라 만화책을 샀다. 김종래, 박기당의 극화만화를 닳고 닳도록 읽었다. 서울 변두리로 이사 와서는 가까운 친척이 만화가게를 연 덕분에 모든 신간만화를 꿰뚫었다. 하루에 몇십 권씩 읽어 댔다. 특별히 좋아하는 분야가 있었던 게 아니라 모든 종류의 만화를 샅샅이 읽었다.

그러니 아이들이 자라서 만화책을 읽는 것에 아무런 저항이 없었을 뿐만 아니라 아이들이 사 달라는 만화월간지들을 꼬박꼬박 사 주고, 빌려 보겠다는 만화들을 보지 말라고 한 적도 없다. 말리기는커녕 어떤 것들은 나 먼저 읽겠다고 나서는 판이었다. 읽어 보지도 않고 만화라면 무조건 유해도서라고 폄하하는 어른들을 이해할 수 없었다. 내 생각엔 그러다가 만화에 대한 사람들의 인식에 변화가 생긴 것은 이원복의 『먼나라 이웃나라』가 나오면서부터가 아닌가 싶다. 만화도 만화 나름이구나, 만화로도 아니 만화라서 훨씬 쉽고 재미있게 다른 나라와 사람들 그리고 문화를 소개할 수도 있구나 하고 부모들이 인정을 한 거였다.

아무튼 만화에 대해서 호의적이었던 것만큼이나 난 TV도 좋아했다. TV가 없었다면 말로만 들었던 흘러간 영화들을 어디서 볼 것이며 〈형사 콜롬보〉 같은 재미있는 드라마를 어떻게 볼 것인가. 부모들이 아이들에게 TV를 금지하는 이유는 흔히 선정성과 폭력성에 대한 두려움인 것 같은데 난 우리나라 TV에는 금지할 정도의 프로그램이 있다고 생각하지 않았다. 가끔 가다 인기 있는 드라마에 나오는 바보흉내를 따라하는 자녀 때문에 걱정하는 부모들이 있었지만 그것도 한때의 유행이지 이내 사라질 게 뻔한데, 그게 내 아들 바보 만든다고 흥분하는 건 오버인 것 같았다.

한번 TV를 보기 시작하면 중독돼서 몇 시간이고 계속 TV에 빠져 살 거라는 걱정도 기우다. 늘 금지하다가 어쩌다 한번 보게 되면 그럴 수 있을지 모르지만 노상 볼 수 있는 상황이 되면 저절로 시간이 조절된다는 게 내 생각이다. 모든 프로그램이 다 재미있는 게 아니라는 것도, 그리고 오래 보면 눈도 피로하고 자리도 불편하다는 것도 저절로 알게 되기 때문에 꼭 보고 싶은 프로그램이 아니면 스스로 외면하게 되는 것이다. 게다가 우리 아이들은 워낙 잠이 많아서 아무리 재미있는 프로그램도 늦은 시간에 하면 볼 수 없었다. 그래서 우리 집은 애당초부터 만화와 TV를 두고 신경전을 벌일 일이 없었다.

어느 날이었다. 중학교 2학년인 첫째가 오늘 밤에 꼭 봐야 하는 프로그램이 있는데 밤 열 시부터인가 시작한다니 혹시 자기가 잠이 들면 깨워 달라고 했다. 무슨 프로냐고 물으니 〈산업디자인의 세계〉인가 뭔가 하는 제목의 다큐멘터리란다. 당시엔 산업디자인이라는 말 자체가 생소하고 뜬금없어서 왜 그걸 꼭 보려고 하느냐니까 예고편을 봤는데 굉장히 재미있을 것 같다나. 나 역시 자꾸 감기는 눈을 부릅뜨며 겨우겨우 열 시까지 기다렸다가 소파에서 잠든 아이를 흔들어 깨웠다. 그러곤 방으로 들어가서 곯아떨어졌다.

다음 날 아침 식탁에서 아이는 상기된 얼굴로 떠들었다. 엄마, 디자인의 세계가 엄청나게 넓은 거 같애. 난 앞으로 뭐가 될지 모르지만 아무튼 디자인을 하면서 살래. 뭐가 됐든지 디자인하면서 살겠다고?

디자인이라면 옷이나 기껏해야 실내디자인밖에 떠올리지 못하는 무식한 엄마는 그래, 아무튼 뭐든지 네가 하고 싶은 거 하면서 사는 게 제일 좋지 뭐! 하며 지극히 의례적인 반응을 보였다. 한참 후에 돌이켜 보니 그날 밤 이 아이는 한 편의 TV 다큐멘터리를 보는 중에 새 세상을 만났고 막연하기만 했던 자신의 꿈을 확인했던 거였다.

며칠 후 아이는 모든 디자인의 기초는 그림인 것 같은데 자신은 이제까지 그림을 배워 본 적이 없으니 미술학원을 얼마 동안 보내 달라고 요구했다. 나는 이번에도 상가에 즐비한 미술학원이 아니라 평소 그림을 아주 잘 그린다고 소문난 이웃 누나에게 아이를 데리고 갔다.

그날부터 첫째는 스케치북만 아니라 흰 종이만 보면 연필로 무언가를 그렸다. 처음엔 주로 자기 손을 그리더니 곧 낡아서 해진 운동화나 야구 글러브 등 눈에 띄는 물건들이 그 대상이었다. 어느 날은 거실바닥에 구부정하게 앉아서 만화책을 보고 있는 막내의 뒷모습을 그렸는데 어찌나 그 특징을 잘 살려 냈는지 깜짝 놀랐다. 우와, 얘 혹시 천재?

문득 오래전 일이 떠올랐다. 첫째는 동네 초등학교의 병설유치원을 다녔는데 졸업 무렵 아이들의 미술전시회가 있어서 막내는 업고 둘째는 손을 잡고 참관하러 갔다. 교실 벽에 아이들 눈높이에 그림들이 쭉 걸려 있었다. 수많은 그림들 속에서 한 그림이 눈에 띄었다. 한눈에도 그리다 만 듯한 엉성한 그림이었다. 아무 색도 칠하지 않은 도화지에 달랑 까만 크레파스로 원 두 개를 그려 놓고 제목은 〈눈사람〉

부모가 아이의 꿈을 대신 꾸어 줄 수는 없다.
다만 아이가 마음 놓고 꿈을 꿀 수 있도록
편한 분위기만 마련해 주면 그걸로 충분하다.

이란다. 같은 제목의 다른 그림들은 모두 바탕이 갖가지 색깔로 꽉 채워져 있었다.

난 얼굴이 홧홧했다. 아니 다른 애들이 열심히 바탕색깔을 칠할 때 녀석은 도대체 뭘 한 거야. 내 애가 남보다 뛰어나야 한다고 생각한 적은 단연코 없었지만 그렇다고 내 애가 남보다 뛰어나게 처진다는 생각도 하지 않았었기에 속이 상했다.

선생님이 다가오자 난 변명거리를 찾느라고 끙끙댔다. 애가 그림을 너무 못 그리네요. 미술학원을 안 보냈더니. 그런데 예상치 못한 대답이 들려왔다. 아이가 아주 독특하지요? 왜 바탕색을 안 칠하냐고 했더니 눈이 워낙 흰 색이니까 칠할 필요가 없다고 하더라고요. 그럴 듯하죠? 40년이 지난 지금 생각해도 멋진 선생님이다. 아이들을 틀에 맞추어서 재단하지 않고 그 개성을 인정해 주는 교사. 당시 선생님의 이름은 잊었지만 복스러운 그 얼굴과 밝은 미소는 지금도 어제 일처럼 또렷이 떠오른다.

그림을 배운 지 석 달이 지나자 첫째는 '배울 만큼 배웠다'며 수업을 마감했다. 과연 어느 만큼 배웠는지 나야 알 길이 없지만 본인이 그만두겠다는데 뭐라고 하랴. 첫째의 미래에 대한 나의 뒷바라지는 석 달의 수업료 납부로 끝이었고 몇 년 후 그 애는 건축학과에 입학, 그리고 지금은 건축가로 살고 있다. 자신이 꿈꾸던 대로 공간을 디자인하는 사람으로 살게 된 것이다.

만약 오래전 그 늦은 밤에 그 다큐멘터리를 보지 않았더라도 그 앤 결국 건축가가 될 운명이었을까? 물론 아무도 모른다. 하지만 그 다큐멘터리를 보면서 아이가 자신의 꿈에 한 발짝 더 다가가게 된 것만은 사실이다. 그렇다고 지금 내가 여기서 젊은 부모들에게 아이의 꿈을 찾아 주고 싶으면 나처럼 TV를 맘대로 보게 하라고 권하는 건 아니다.

어떤 아이는 부모와 함께 떠난 한옥마을 여행에서, 또 어떤 아이는 로마 유적에서, 또 어떤 아이는 도서관에서 빌려 본 책에서 건축가가 되고 싶은 자신의 꿈을 확인할 수도 있다. 부모가 아이의 꿈을 대신 꾸어 줄 수는 없다. 다만 아이가 마음 놓고 꿈을 꿀 수 있도록 편한 분위기만 마련해 주면 그걸로 충분하다.

부모의 취향

둘째가 대중적으로 알려진 뮤지션이다 보니 처음 만난 사람들은 다른 형제들의 직업은 뭔지 호기심이 생기는 것 같다. 첫째는 건축가고 셋째는 드라마를 만든다고 하면 첫마디에 '누굴 닮아서 모두 예술 쪽으로 나아갔냐?'고 묻는다.

내가 뭐라 입을 열기도 전에 사람들은 아무리 봐도 엄마를 닮은 건 아닌 것 같고 아빠가 그쪽으로 재능이 있는 모양이라고 넘겨짚는다. 난 긍정도 부정도 아닌 애매한 표정으로 '네, 그런 편이죠, 뭐'라고 중얼거리듯 답하며 고개를 끄덕거리곤 하는데 진짜 속마음을 말하라면 좀은 억울한 기분이다.

역시 난 예술하고는 한참 거리가 있는, 좋게 표현하면 모범생 꼭집어 말하면 감성이 결여된 무미건조한 인간으로 보이는구나 싶어서

다. 그렇다고 내가 얼마나 예술적 감수성이 있는 인간이냐를 증명해 줄 만한 뭐 그럴듯한 증거자료를 내놓을 만한 처지도 아니다. 피아노나 기타는커녕 요즘 내 또래들 사이에서 붐을 이루고 있는 오카리나도 불 줄 모르지, 뒤늦게 그림을 배워 개인전은 아니더라도 그룹전에 출품한 전력도 없지, 그렇다고 주부들이 흠뻑 빠진다는 노래교실이나 댄스동아리에도 발을 들인 적이 없으니 말이다.

고작해야 책을 여남은 권 쓴 게 전부인데 그것도 본격 문학작품이 아니라 모두 여성인식이나 육아에 관한 경험적 에세이들뿐이니 내 문학적 재능이 이렇소 하고 내세울 자격이 없다. 가끔 말을 참 맛있게 또박또박 잘한다는 평을 듣기도 하지만 그것도 예술적 자질과는 아무런 상관이 없다. 알고 보면 주위에 말을 기가 막히게 맛있게 하는 여성들이 얼마나 많은데.

반면 남편은 젊어서부터 노래 하나는 기똥차게 잘했다. 내가 처음엔 별 관심이 없었던 남편에게 처음으로 호감을 느끼게 된 계기도 연극동아리 회식 때 들었던 그의 노래솜씨였다. 평소엔 비교적 과묵한 남자였는데 노래만 시작하면 딴사람으로 변신했다. 사실 남녀를 불문하고 노래 잘하는 사람에게 호감을 느끼지 않는 이는 매우 드물지 않은가.

아 그러고 보니 셋째가 드라마감독이 된 것은 어쩌면 우리 부부 모두 대학시절 연극동아리에서 활동을 했던 그 내력을 이어받은 것일지도 모르겠다. 하지만 아이들이 어렸을 때 남편은 회사일로 노상 바

쓰고, 난 살림에 쫓겨 결혼 전에 그렇게 좋아하던 연극을 단 한 차례도 구경할 기회가 없었다.

그럼에도 가재는 게 편이라고 내 남편과 어렸을 때부터 쭉 절친으로 지내 온 어떤 친구는 우리 세 아이가 모두 남편을 닮아서 재주가 뛰어나다고 모든 것을 남편의 공으로 돌린다. 목구멍이 포도청이라 아버지는 평범한 회사원의 삶을 살 수밖에 없었지만 결국 그의 아들들이 아버지의 못다 이룬 꿈을 대신 이뤄 주지 않았느냐, 그러므로 내 남편은 성공한 인생이라고 단호하게 결론을 내린다.

아무튼 부부의 취향이 집안 분위기를 결정하고 아이들은 그 분위기를 마시면서 살 수밖에 없는 건 만고불변의 사실이다. 물론 반면교사라는 말도 있듯이 집안 분위기와는 전혀 다른 쪽으로 성장하는 이도 드물지 않지만. 따지고 보면 의식적이건 무의식적이건 다른 쪽으로 방향을 잡는 것도 결국 집안 분위기에 대한 반발 때문이니까 이 또한 그 영향을 받은 셈이다.

나나 남편이나 격식을 싫어하는 편이다. 나는 워낙 자유로운 환경에서 자란 사람이고 남편은 엄격한 집안에서 성장했지만, 늘 그 분위기에 반하는 행동으로 어른들을 놀라게 해 '돌연변이'라는 별명을 얻은 사람이었다. 그런 사람 둘이가 모여 가정을 이루었으니 집안 분위기가 비교적 자유로울 수밖에.

첫째를 키울 때 내가 아기를 꼭 끌어안고 '에구 우리 강아지, 어찌 이리 예쁠까' 하며 온몸을 물고 빨고 하면 점잖으신 시어머니는 못마땅한 얼굴로 나보고 배울 만큼 배운 애가 꼭 짐승처럼 애를 키운다면서 귀한 아기한테 강아지가 뭐냐고 나무라셨다. 신혼 초에 시어머니로부터 가장 많이 들었던 꾸중이 '본데 없다'는 말씀이었다.

곰곰이 따지고 들면 그런 말씀은 결국 내 친정집에 대한 노골적인 모욕이었는데 당시 나는 순간적으로 움찔하기는 했지만 그 말씀에 별로 상처를 입지 않았다. 솔직히 내 친정이 뼈다귀 있는 집이 아니라는 걸 나 역시 인정하는 바였기도 했지만, 그보다는 젊었을 적 내 영혼이 웬만한 말에 모멸감을 느끼지 않을 만큼 튼튼했던 덕분이었다. 요즘 말로 천성적으로 멘탈이 강했다고나 할까. 아니면 자존감이 턱없이 높았다고 할까.

둘째가 데뷔하고 얼마 지나지 않아서였다. 우연히 한 라디오 프로에서 진행자가 '부모가 어떻게 키웠느냐'고 묻자 아주 간단명료하게 '우리 부모님은 절 아주 자유로운 영혼으로 키우셨어요'라고 대답하는 것을 들은 적이 있었다. 평소 나에 대해 매섭게 지적하는 둘째의 행동을 미루어 보건대 '우리 부모는 나를 키우지 않고 그냥 내팽개쳐 놓았습니다, 그래서 우리 형제들은 혼자 크느라고 무척 힘들었어요'라고 답하겠지 혼자 추측하고 있었는데 이런 반전이 있나. 은근히 켕겼던 엄마는 너무 대견하고 고마워서 순간 울컥하기까지 했다. 우와, 허접한 부모노릇을 멋지게 포장해 내는 저 문학적 재능은 도대체 어디서 나온 걸까. 아무튼 부모가 잘 키우려고 애쓰지 않을수록 아이들은 잘 크는 게 확실하다.

자유로운 영혼으로 키워 주었다고 생각하는 이유는 아마 부모가 쓸데없는 말이나 모진 말로 상처를 준 적이 별로 없기 때문일 것이다. 남편이나 나나 아이들에게 이래라저래라 잔소리를 한 적이 별로 없다. 욕설을 한 적은 단 한 번도 없다.

나는 일단 모든 아이들이 가장 엄마로부터 많이 듣고, 또 모든 아이들이 가장 싫어한다는 '공부하라'는 잔소리를 한 적이 없다. 그건 어렸을 때부터 공부에 대한 나름의 철학이 확고했던 덕분이었다. 우선 '공부는 제가 하는 거다'라는 믿음이 워낙 강했기 때문에 잔소리할 필요를 느끼지 못했는데 이건 순전히 내 경험에서 나온 결론이었다. 다음으로는 '공부가 행복을 결정한다'는 말을 전혀 믿지 않았다. 이것 역시 내 경험에서 나온 신념이었다. 그리고 결혼 전에 비교적 자유롭게 살았다가 결혼 후 시어머니의 홍수 같은 잔소리를 듣고 보니 잔소리는 듣는 이의 기분만 나쁘게 할 뿐 아무런 효과가 없다는 사실을 새삼 확인한 터였다.

평생을 어머니의 잔소리 속에서 성장한 남편은 어머니 소원대로 살지도 않았지만 그렇다고 어머니한테 큰소리로 대들어 본 적도 없는 아주 평온한 성격의 소유자라서 나로선 좀 불가사의했다. 결혼하기 전 어느 날 그 집을 방문했다가 시어머니 잔소리의 진수를 목도한 적이 있었다. 안방에 들어간 남편이 어머니한테 용돈을 천 원만 달라고 하자 시어머니는 기다렸다는 듯이 남편의 경제관념 없음과 자신의 경제상황에 대해서 한 시간 동안 속사포처럼 쏟아 냈다. 나 같으면 자존심 상해서 일어났을 텐데 남편은 끈질기게 듣고 앉았더니 끝내는 오백 원을 받아 들고 나왔다. 난 너무 놀라서 남편한테 아니 어떻게 끝까지 버틸 수 있었냐고 물었더니 남편 왈, 자기는 한쪽 귀로 듣고 한쪽 귀로 내보내는 기술이 있다나 뭐라나. 그래서 그런지 남편 역시 아이들에게 이래라저래라 하지 않았다. 하기야 새벽에 나가서 한밤중에 귀가하는 아빠였으니 아이들한테 잔소리를 할 시간 자체가 없기도 했지만.

남편이 송창식 노래를 워낙 좋아했기 때문에 어쩌다 아빠가 집에 있는 날이면 아이들은 싫든 좋든 송창식 노래를 귀에 못이 박히도록 들어야 했다. 그리고 밤늦게 귀가하는 남편의 손에는 아이들 간식거리가 아닌, 문학잡지나 시집 또는 야구나 당구 심지어는 포커에 관한 책들이 들려 있는 적이 많았다.

언젠가는 이원복의 『먼나라 이웃나라』 전집을 사들고 오더니 아이들에 앞서 자신이 먼저 독파했다. 그러곤 너무 좋은 책인데 어른들이 무조건 만화책이라고 알아볼 줄 모른다며 무려 열몇 질에 달하는 전집을 사서 차 트렁크에 싣고 다니다가 아이들이 있는 친지에게 돌리기도 했다. 참 특이한 캐릭터다.

아이들은 이런 별난 듯 별나지 않은 부모와 함께 자라났다. 자유로운 영혼으로.

아주 특별한 한자 교실

우리 또래는 한자세대다. 어렸을 때 처음 접한 한자는 단지 복잡한 그림일 뿐이었다. 당시 활자로 된 것이면 뭐든지 흥미를 느꼈던 나는 아버지가 사무실에서 가져온 신문에 뭐가 실렸을까 늘 궁금했다. 하지만 당시 신문엔 토씨 빼곤 온통 한자투성이라 그림의 떡이었다.

그렇다고 쉽게 포기할 내가 아니었다. 책이라곤 몇 권 없었던 우리 집엔 다행히 조그만 옥편이 굴러다녔다. 별일도 다 있지, 일곱 살짜리는 어느새 옥편을 들춰 보는 재미에 빠져들었다. 그러곤 신문에 나온 한자가 옥편에 있나 무작정 찾아보기 시작했다. 어쩌다 똑같은 모양의 글자가 나오면 기뻐서 펄쩍펄쩍 뛰었다. 아버지는 가뜩이나 비쩍마른 큰딸이 골방에 틀어박혀 쓸데없는 짓을 한다며 내 등을 밀어 밖으로 내보냈다. 아이들과 뛰어놀라고.

초등학교 4학년 때 담임선생님은 한마디로 기인이었다. 천방지축인 아이들한테 큰소리 한 번 안 치고 얼굴에 미소가 떠나지 않는 인자한 아저씨였다. 개학 첫날 선생님은 우리에게 한자의 중요성을 역설하면서 앞으로 매일 아침마다 4개의 한자를 가르쳐서 학년말에는 천 개의 한자를 떼게 하겠다고 선언하셨다. 천자문을 익혀 놓으면 앞으로 어떤 공부를 해도 쉽게 배울 수 있다는 것이었다.

다음 날부터 우리 교실은 서당이 되었다. 하늘 천 따 지 검을 현 누르 황~ 예순 명의 목소리는 천정을 뚫을 지경이었다. 모두들 신이 나서 질세라 목청을 높였다. 다른 과목을 공부할 때와는 유가 다른 생동감과 집중력과 자신감이 교실을 채웠다. 하지만 서당은 겨우 한 주일만에 문을 닫았다. 다른 반 선생님들이 너무 시끄러워서 수업진행을 못 하겠다며 항의했기 때문이었다. 우린 마치 일제가 우리 민족에게 한글을 못 배우게 탄압한 것처럼 다른 반 선생님들을 원망하고 억울해했다.

담임선생님은 우리에게 다른 선생님들 잘못이 아니라 우리가 다른 사람들에게 폐를 끼친 거라며 달랬다. 그리고 서당은 오늘로써 문을 닫지만 너희들은 앞으로도 천자문을 꾸준히 배우라고 신신당부했다. 이후 선생님은 다른 과목 시간에도 어려운 낱말이 나오면 꼭 한자로 써서 그 뜻을 하나하나 짚어 주었다. 충청남도 한 면 소재지의 조그만 학교에 그렇게 훌륭한 선생님이 계셨다니 두고두고 생각해도 내겐 큰 행운이었다. 60년이 지나도록 그 이름을 또렷이 기억한다. 김

천일 선생님.

내가 중학생일 때만 해도 교과서는 국한문 혼용이었고 한자시간이 따로 있었기 때문에 저절로 한자에 익숙해졌다. 이름은 으레 한자로 쓰는 것이 관행이었다. 그러다 보니 수업시간에 필기를 할 때도 쫓기듯 급하게 쓰면서도 자연스럽게 한자가 많이 섞였다.

한글전용시대로 들어서면서 처음 신문이 순 한글로 나오자 우리 세대는 오히려 읽기가 어려웠던 것도 사실이다. 또 어떤 한글들은 도무지 무슨 뜻인지 알 수 없어서 머릿속으로 한자로 써 보고 나서야 겨우 그 뜻을 이해할 수 있는 경우도 많았다. 내가 뒤늦게 다시 대학원 공부를 했을 때 나는 예전에 몰랐던 생소한 개념들을 무수히 만났다. 물론 모두 한글이었다. 함께 공부하는 젊은이들에게 그 개념들을 물어보면 모두 척척박사였다. 얼른 이해가 안 될 경우 그들에게 한자로 어떻게 쓰냐고 물으면 대부분 난색을 표했다. 난 '와, 한자를 모르면서도 어떻게 저렇게 이해력이 높을 수 있지? 대단하다' 하며 속으로 놀랐다. 한글전용 반대론자들이 우려했던 것과는 정반대가 아닌가.

그럼에도 불구하고 나는 어떤 세대는 한자를 전혀 모른다는 사실이 많이 안타깝다. 특히 신문기사나 TV자막에서 잘못된 표기를 발견할 때마다 그렇다. 인터넷뉴스는 그렇다 쳐도 메이저 일간지나 공중파에서 잘못된 표기를 접할 때마다 어이구, 한자공부만 조금 했으면 저런 실수는 안 할 텐데 싶다. 예를 들면 '일사불란하게'를 '일사분란하게'로, '분향소'를 '분양소'로, '호의호식하면서'를 '호위호식하면서'

로 쓰는 일들은 훨씬 줄어들 것 아닌가.

서론이 너무 길어졌지만 지금 내가 하려는 얘기는 한자병용시대로 돌아가자는 그런 거창한 주장이 아니라 요즘 우리 집에서 일요일마다 열고 있는 서당에 관해서다.

내 남편은 사업을 접은 후 뒤늦게 본격적으로 중국어를 공부한 사람이다. 한국에서 후배들을 대상으로 중국어를 가르치기도 했고, 중국 산둥성에 있는 대학에서 중국인 대학생들에게 한국어를 가르치기도 했다. 농담처럼 하는 말이지만 육십이 넘어서야 비로소 자신의 적성이 공부하고 가르치는 데 있다는 걸 발견한 늦깎이 공부쟁이다.

요즘엔 중국어 조기교육이 대세라고 하니 아버님이 손주들한테 중국어 가르쳐 주시면 어떨까요라는 말이 며느리들에게서 나온 건 꽤 오래전이었다. 그러나 본인이 중국어교습에 큰 흥미를 못 느꼈는지 차일피일하던 중이었다.

어느 날 남편이 요즘 사람들이 한자를 너무 모른다고 개탄하는 소리를 듣고 내가 새로운 제안을 했다. 어차피 일요일마다 아이들이 우리 집에 모이는데 놀기만 하면 뭐 하나, 할아버지가 아이들한테 한자를 가르쳐 주면 어떻겠느냐고. 마침 우리가 살던 아파트가 재건축하게 되어 이사를 해야 했는데 전세 구하기가 너무 힘들어 처음 의도와 다르게 비교적 넓은 평수의 아파트를 계약했다. 큰아들네가 집에서 쓰던 화이트보드를 싣고 오자 준비 끝. 학생은 우선 제일 고학년인 5학년생 두 명으로 마감했다. 저학년생들은 나중을 기약하고.

매주 일요일 오후 2시, 수업시간 1시간 30분. 서당은 그렇게 열렸다. 교재는 처음엔 천자문이 어떨까 했으나 학생들이 이미 아이들에게 최고 인기였던 만화천자문을 독파한 후였기에 사자성어를 가르치기로 했다. 할아버지는 모두가 예상했듯 성실하고 열정적인 훈장으로서의 면모를 뽐냈다. 그날의 수업을 위해서 하루 종일 예습을 했다. 뭐든지 설렁설렁하는 나로서는 과하다 싶을 정도였다. 사자성어에 얽힌 고사를 알기 쉽게 설명할 뿐만 아니라 그와 관련된 단어들에 대한 설명에도 정성을 쏟았다. 매회 숙제를 내고 검사하고 중간중간 시험도 치렀다. 여행이나 행사 등으로 간혹 수업을 휴업하는 때도 있긴 했지만 그 외에는 거의 매주 수업이 진행되고 있다.

1년 남짓 배운 한자공부가 과연 아이들에게 얼마만큼 도움이 될지는 지금으로선 알 수 없다. 다만 내가 자신 있게 말할 수 있는 건, 머리가 새하얗게 쉰 할아버지가 자신들을 열성적으로 가르쳤다는 그 사실을 기억하는 것만으로도 아이들에게 여러 가지로 좋은 영향을 끼치지 않을까 하는 점이다. 그리고 먼 훗날 삶이 팍팍하게 느껴질 때면 한때 열심히 한자를 배우고, 많은 식구들이 함께 밥을 먹고 사촌들끼리 재미있게 뒹굴며 놀았던 날들을 떠올리곤 마음이 따뜻하고 푸근해지지 않을까.

뭐 그런 효과까지 미리 점칠 필요도 없다. 지금으로서도 충분히 만족하니까. 할아버지는 만년에 자기가 갖고 있는 능력을 발휘할 기회를 얻어서 좋고, 아이들은 실력 있는 선생님으로부터 일 대 이로 개인

교습을 받아서 좋고, 아이들 엄마아빠들은 전액 무료로 고품질의 사교육을 시켜서 좋고, 그야말로 누이 좋고 매부 좋고 이보다 더 좋을 순 없다.

집주인인 나만 매번 그 많은 식구들 뭐 해 먹일까 고민이다. 그렇지만 자식들 손주들 보고 싶다고 오라오라 채근하지 않아도, 아니 자식들 보고 싶다고 채근도 못 하고 속으로 끙끙 앓지 않아도, 아이들이 일주일마다 꼬박꼬박 제 발로 찾아오니 요즘 세상에 이런 로또가 또 어디 있을까.

Chapter 5

아이
키우기가
버겁고 외로운
엄마들

엄마들은 왜 아이 애기만 하면 울까

10월의 어느 주말, 하늘은 파랗고 공기는 싱그러웠다. 제주도 서귀포시에 위치한 영어마을의 야외무대. 북 페스티벌의 일환으로 강연에 초대되었다.

이렇게 교통이 불편한 곳에 누가 올까 지레 걱정을 했었는데 강연 시간이 다가오자 젊은 부모들이 아이 손을 잡고 하나둘씩 모여들었다. 앞쪽 의자에 앉아 시간이 되기를 기다리고 있는 내게 늘 그렇듯이 몇 명의 주부들이 다가와 책에 사인을 받거나 함께 사진을 찍었다. 마지막으로 내게 인사한 주부는 아이 셋의 엄마였다. 예닐곱 살로 보이는 딸과 네다섯 살쯤 된 딸, 그리고 한 아이는 아기 띠로 가슴에 안겨 있었다.

"선생님, 제주 내려와서 10년 동안 선생님 만나기를 기다렸는데 드디어 이렇게 만나네요"라며 내 손을 잡는 이 주부의 눈에는 벌써 눈물이 어려 있었다. 가끔 이런 말을 들으면 흐뭇하기는커녕 민망하다 못해 속이 켕긴다. 도대체 내가 엄마들한테 무슨 짓을 했길래 이렇게 친정엄마를 만난 듯 반가워하는 거지?

하지만 나 자신도 의식하지 못한 사이 결혼한 딸을 십 년 만에 만난 듯 형언할 수 없는 애잔함이 몰려와 "왜 울어요, 이렇게 예쁜 애들이 세 명이나 있는데 엄마가 왜 울어"라고 달래면서 동시에 내 눈시울도 시큰해진다. 아아, 이 먼 외지에서 혼자 아이를 키우는 일이 얼마나 버겁고 외롭고 서러웠을까. 딱 내 막내며느리 또래인 이 젊고 멋진 여성의 심정이 고스란히 전해져 왔기 때문이다.

그렇다. 아이를 키우는 엄마들은 시시때때로 버거움과 외로움과 서러움에 휩싸인다. 열악한 환경은 물론이요 비교적 평온한 환경에서 아이를 키우는 엄마들도 감당할 수 없는 짐을 진 것 같은 기분에 사로잡힐 때가 많다.

대한민국에서 제일 편하고 쉽게 아이를 키웠다고 소문난 나도 그랬다. 남들 앞에서는 내 인생에 아이 키울 때처럼 행복한 순간은 다시 없을 거라며 마치 그 시절을 그리워하는 듯한 말들을 잘도 했지만, 뒤늦게 고해를 하자면 나 역시 아이를 키우는 동안 육아의 무게에 짓눌려 울고 싶었던 때가 한두 번이 아니었다. 다만 모든 지나간 것은 아름답다는 말처럼 아이를 다 키우고 났더니 힘들었던 기억은 어느새 씻은 듯이 사라지고 즐겁고 행복했던 기억은 갈수록 또렷해졌을 뿐이다. 아마도 나이 들어 가면서 육아보다 훨씬 버거운 일들을 쉼 없이 겪어야 했기 때문인가 보다.

아이 키울 때 제일 큰 괴로움은 육체적 과부하가 아니다. 한창 젊을 때 아이를 키우기 때문에 몸은 아무리 고단해도 아침이면 거뜬하다. 감기에 걸려 몸이 펄펄 끓는 아이를 끌어안고 재우느라 앉은 채 밤을 꼬박 새워도 새벽녘 아이의 열이 내려가는 기색만 보이면 녹초가 되었던 엄마는 금방 살아난다.

문제는 심리적 부담감이다. 문득 아이의 감기가 전적으로 엄마노릇을 잘못해서 생긴 게 아닐까 자책감이 드는 순간 엄마는 자신의 엄마자격에 대한 청문회를 열어 자신을 심문하기 시작한다. 다른 애들은 안 걸리는 감기를 왜 유독 내 아이만은 수시로 걸리는 걸까. 내가 아이를 잘못 돌보고 있는 게 아닐까.

한번 자신을 심문하기 시작하면 쉽게 중단할 수 없게 된다. 그래, 내 아이는 갓 낳았을 때부터 유달리 자주 토하거나 걸핏하면 설사를 하는데 그것 역시 나의 조리과정에 허점이 있기 때문인지 몰라. 내가 명랑한 성격이 못 돼서 아이한테 좋지 않은 에너지를 전파해서 아이가 자주 아픈 건 아닐까. 자책감은 꼬리에 꼬리를 물어 이내 아이의 미래에 대한 소설을 쓰기 시작한다. 이렇게 기본적으로 아이 건강조차 못 챙기는 엄마이니 나중에 아이가 학교 들어가면 제대로 뒷바라지나 할 수 있겠어.

대한민국에서 아이 성적은 엄마 하기 나름이라는데 나같이 애 몸

하나 못 챙기는 무능하기 짝이 없는 엄마 밑에서 자라는 아이가 공부를 해 봤자 얼마나 잘하겠어. 좋은 대학을 못 가면 변변한 직업도 못 얻고 알바를 전전하면서 평생을 찌질하게 살아가겠지. 평생 동안 엄마를 얼마나 원망하겠어. 날 왜 이렇게 못나게 키웠냐고. 엄마가 돼 가지고 도대체 무얼 했냐고. 그렇다고 아이한테 유산을 듬뿍 물려줄 형편도 안 되고. 이래저래 평생 기죽은 채 살아갈 게 뻔한 불쌍한 우리 아이, 내가 정말 못할 짓을 저질렀구나. 나 같은 엄마를 만나면 안 되었던 거야. 내가 바보야, 왜 능력도 안 되면서 아이는 덥석 낳았을까. 시간을 되돌릴 수만 있다면 아이 낳기 전으로 돌아가고 싶어, 아니 결혼 전으로 돌아가고 싶어.

실제로 아이들이 조금 더 자라서 학부모가 되면 그때부터 엄마들의 고민은 한층 더 깊어진다. 아이가 자유롭고 행복하게 사는 게 소원인데 주위를 둘러보면 자신이 현실감각이 없는 엉뚱한 꿈을 꾸는 것 같아 불안하고 초조해진다. 대다수의 엄마들이 가는 길로 따라가자니 도무지 내키지 않고 그렇다고 나 혼자 다른 길로 가자니 겁이 더럭 난다. 저 길은 마음에 들지 않지만 이 길이 옳다는 확신도 서지 않는다.

아무리 주위를 둘러봐도 자신을 지지해 줄 사람은 찾을 수 없어 육아에 대한 불안과 외로움은 더욱 커져만 간다. 가깝게 지내는 또래 엄마들에게 속마음을 털어놓으면 돌아오는 답은 뻔하다. 그래, 누군들 아이를 자유롭게 키우고 싶지 않겠어. 그렇지만 현실을 봐. 아이의 미래를 위해선 엄마가 자기 고집을 꺾을 수밖에 없는 거야. 우리나라에 선 남들이 하는 대로 따라가는 게 정답이야. 좋은 게 좋다는 말도 있 잖아. 괜히 잘난 척하지 마. 인생 뭐 있어? 혼자 줄뿔나게 살아봤자 돌 이나 맞는다고. 적당히 양보하고 타협하면서 살아가는 거지.

나는 꽤 오랫동안 공동육아에 관심을 갖고 공동육아로 아이를 키 우는 어린이집에 아이들을 보낸 젊은 부모들을 만나 왔다. 그곳은 아 이들을 얽매지 않는 육아방식에 공감한 부모들이 의기투합해서 놀이 와 생명존중사상, 그리고 공동체정신을 키워 주는 보육을 실천하는 곳이다. 우리나라 보육과 교육의 숱한 문제점에 절망감을 느끼다가도 그 부모들을 만나면 신선한 기운, 희망의 바람을 느끼곤 했다.

하지만 아이들이 유아일 때만 해도 시종 꿋꿋하게 소신을 지키던 부모들 중 일부는 아이를 학교에 들여보내면서부터 혼란을 느끼는 경우가 종종 있다. 학업에 뒤처지는 아이를 보면서 자신이 너무 이상 에 치우친 나머지 현실을 무시하지 않았나 하는 불안감, 심지어 후회 에 시달리는 것이다.

간혹 그런 부모들에게 '괜찮아, 당신들은 잘하고 있어'라고 어깨를 다독여 주면 내가 의도했던 것 이상의 위로와 격려를 받았다며 눈물 을 글썽인다. 공동육아 어린이집에 보낼 때는 뜻을 같이하는 부모들 이 늘 곁에서 서로를 지지해 주어서 행복했는데, 초등학교로 뿔뿔이 흩어지다 보니 혼자만 외톨이가 된 것 같아 두렵고 외로웠단다.

하물며 아무런 지지집단도 없이 혼자 절대다수의 엄마들과 다른

육아는 버겁다.
하지만 인생에는 더 버거운 일이 쌔고 쌨다.
적어도 육아는 버거움만 주는 게 아니라
기쁨과 행복을 곁들여 주지 않는가.

육아법을 써 보려고 애쓰는 엄마들은 얼마나 두렵고 외로울까. 강연장에서 나를 붙들고 우는 엄마들을 만나면 그들의 두려움과 외로움에 감정이입이 되어 나까지 울컥하게 되는 것이다.

엄마들을 울게 만드는, 아이를 키우면서 겪는 어려움은 실로 다양하다. 다섯 달밖에 안 된 갓난아기를 안고 온 어떤 엄마는 날마다 '자기가 좋은 엄마가 될 수 없을 것 같아' 불안해서 잠을 못 이룬단다. 나는 바로 그런 불안한 마음이 아이한테 전달되면 아이한테 나쁜 영향을 끼치니까 좋은 엄마가 되기 이전에 본인이 늘 평온한 마음을 유지하도록 노력하라고 말해 주었지만 그게 말처럼 쉽게 된다면 얼마나 좋을까.

어떤 엄마는 딸 둘이 늘 싸우는데 뜯어 말리다 보면 어느새 자기가 욱해서 소리소리 지르고 있다고 눈물을 흘린다. 소리 지르기 전에 하나에서 열까지 세면 화가 가라앉는다는 말을 들은 적이 있어 그렇게 해 보려고 애쓰는데 셋까지 세기도 전에 이미 욱하고 흥분하게 된단다.

나라고 무슨 비법이 있을까. 일단 당신은 지금도 그런 말을 하면서 눈물 흘리는 걸 보니 어지간히 감정적인 성격인 것 같다, 그러니 아이들이 싸우면 일단 그 자리를 피해 버리라고 했다. 그 엄마는 자기가 피하면 아이들이 더 싸우지 않냐고 반문했다. 싸우다 지치겠죠 뭐, 그때 가서 왜 싸웠는지 차분하게 들어주면 돼요, 그리고 엄마 자신부터 이런 사소한 일에 눈물 흘리지 말고 좀 대범해지라고 덧붙였다.

육아는 버겁다. 하지만 인생에는 더 버거운 일이 쌔고 쌨다. 적어도 육아는 버거움만 주는 게 아니라 기쁨과 행복을 곁들여 주지 않는 가. 그러니 될수록 버겁다는 마음은 빨리 털어 버리고 기쁨과 행복만을 오롯이 느끼는 게 현명한 노릇이 아닐까.

난 엄마들이 조금만 더 자신감을 가졌으면 좋겠다. 그리고 조금만 더 쿨해졌으면 좋겠다.

누구나 부모를 원망한다

그러다가 나중에 애가 엄마를 원망하면 어떡해요? 왜 어릴 때 자기한테 좀 더 투자하지 않았느냐고요. 엄마가 조금만 더 나한테 관심을 기울여 주었다면 지금 이 꼴보다는 십 원어치라도 나아졌을 거라고. 엄마가 나한테 공부가 먼저가 아니라 인성이 먼저라며 내 맘대로 놀도록 내버려 두지 말고 다른 엄마들처럼 강제로라도 학원을 보내고 선행학습을 시키고 했으면 나도 서울대는 아니더라도 인서울 대학에는 들어갔을 거고 그랬다면 인생이 훨씬 잘 풀렸을 거라고. 엄마는 엄마 소신을 지키고 살아서 행복할지 모르지만 난 너무 잘나신 우리 엄마 소신의 희생양이 되어서 불행하다고 항의하면 어떡하냐고요.

엄마들을 만나다 보면 이런 하소연을 들을 때가 가끔 있다. 자신은 지금 신념에 따라 아이들을 자유롭게 키우는 편인데 솔직히 속이 마냥 편치만은 않단다. 주위에서 아무리 흔들어 대도 흔들리지 않을 자신은 있는데 '너 나중에 애가 원망하면 그땐 어떡할래?'라고 거의 협박 수준의 추궁을 해 오면 가슴이 철렁하단다. 그 자리에선 오기가 발동해 '어떡하긴 어떡해? 원망하면 그냥 미안하다, 잘못했다고 싹싹 빌어야지 별수 있어?'라고 농담처럼 받아치지만 마음속에서는 '그땐 정말 어떡하지?' 걱정이 된단다.

나 역시 농담처럼 대답한다. 원래 부모가 아흔아홉 가지를 잘해 줘도 자식은 한 가지를 못 해 줬다고 원망하는 법이에요. 그럴 땐 아예 '이런 엄마를 만난 것도 네 팔자'라고 받아치세요. 그러니 네 팔자는 네가 고치는 거라고요. 그리고 말을 잇는다. 그렇게 자신 없으시면 그냥 남 하는 대로 따라 하세요. 그래야 나중에 아이가 뭐라고 해도 '나도 할 만큼은 했다'고 방어할 수 있잖아요. 하소연을 했던 엄마로서는 따뜻한 위로가 아니라 비아냥거림을 받은 것 같아 기분이 언짢겠지만, 미래에 자식원망 들을 것이 걱정돼 현재의 자기소신을 꺾는 게 낫지 않을까 고민하는 엄마에게 솔로몬도 아닌 내가 더 이상 무슨 말을 할 수 있단 말인가. 엄마노릇도 결국은 자기 가치관에 따른 선택적 행동일 뿐이고 선택의 책임도 오롯이 자기가 져야 하는 건데.

내가 알기론 누구나 부모를 원망한다. 그렇다고 누구나 부모를 사랑하지 않는다는 말은 아니다. 아주 예외적인 경우를 제외하고는 대부분의 자녀들은 부모를 사랑하고 때로는 존경한다. 요즘 애들은 부모를 공경하지 않는다고 혀 차는 소리가 들린 지 오래지만 요즘도 중

고교학생들을 상대로 가장 존경하는 사람이 누구냐고 물으면 '부모님'을 꼽는 경우가 압도적으로 많아 나 같은 사람을 놀래킨다.

사춘기 때는 많은 자녀들이 현재의 자기 부모가 자신의 친부모가 아니기를 남몰래 바란다는 말이 있을 정도로 부모에 대해서 비판적이지만, 자녀들이 본격적으로 부모에 대해 원망하기 시작하는 것은 성인이 된 후인 것 같다. 그것도 취업이든, 연애나 결혼이든 하는 일마다 꼬이고 미래가 막막해 보일 때 문득 이 모든 불운이 부모 때문이라는 생각이 든다. 그렇게라도 생각해야 자신을 괴롭히는 열등감, 자책감에서 벗어날 수 있어서인지도 모르겠다.

내가 잘 아는 한 여성은 여든 살이 넘어서까지도 신세타령을 할 때마다 이미 오래전에 돌아가신 아버지를 원망한다. 신산했던 일생을 뒤돌아보면 가장 아쉬운 게 고등학교를 졸업하자마자 결혼을 한 것이고 그건 전적으로 아버지의 뜻이었기 때문이다. 당시 집안형편이 상당히 풍족했음에도 불구하고 생각이 고루한 아버지가 대학진학을 극구 반대하고 시집을 보냈다는 것이다. 반면 학창시절 가깝게 지낸 친구들 여러 명은 사범학교에 들어가 평생 교사로 일하다가 은퇴한 후에는 연금을 받아 여유 있게 사는데 자기는 남편 사업실패 후 반평생을 쪼들리며 살고 있다며, 자기 신세가 한스럽게 여겨질 때면 문득문득 '우리 아버지는 왜 나를 대학에 못 가게 했을까' 원망스럽다고 했다. 여든 넘은 사람이 아버지를 원망하는 모습을 보면 공감이 가는 게 아니라 아, 아무리 나이 들어도 사람 속에는 누구나 작은 아이가 들어 있구나 싶어 웃음이 난다.

아버지의 낙천적 기질을 유산으로 받은 것만으로도 감사하며 사는 나도 잠깐 동안이나마 아버지가 원망스러웠던 때가 있었다. 육아 때문에 직장을 그만두고 전업주부 생활을 하다가 다시 사회진출을 시도할 때였다. 여러 가지 길을 모색하면서 벽에 부딪칠 때마다 새삼 이럴 때 변호사 자격증이 있었으면 길 찾기가 참 수월할 텐데 하는 아쉬움이 아버지에 대한 원망으로 이어졌다. 대학입시를 앞두고 학과를 지망할 때 내가 원서에 법과대학이라고 쓰자 아버지가 불같이 화를 내면서 원서를 찢어 버렸던 기억이 생생히 되살아났기 때문이다.

아버지가 법대 지원을 극구 반대한 이유는 두 가지였다. 하나는 내가 여자라는 이유고, 하나는 아버지가 변호사라는 직업에 대해 지독한 편견을 갖고 있었기 때문이다. 당시만 해도 꽤 착한 딸이었던 나는 몇 마디의 저항 끝에 이내 아버지의 뜻을 따랐다. 그러곤 차선책으로 지망한 학과에 들어가서는 마치 그 과가 천생연분이라도 되는 듯 희희낙락하며 당시 여학생치곤 꽤 분방한 학창시절을 보냈다.

마흔이 다 된 나이에 새삼스레 아버지를 원망했지만 그 시간은 길지 않았다. 곧 제정신이 돌아오면서 난 나의 비겁함에 웃음이 났다. 당시 법대 지원을 반대한 것은 아버지였지만 법대를 가지 않기로 최종 결정한 것은 결국 나 자신이었다는 엄연한 사실을 깨달았기 때문이다. 만약 내가 끝까지 내 뜻을 굽히지 않았다면 아버지도 결국은 승낙할 수밖에 없었을 테니까. 자식 이기는 부모 없다잖은가.

가끔 자식이 미워서 부모자식 간의 연을 끊는 사람들도 있는 모양인데 그러려면 얼마나 자기확신이 강해야 할까. 툭하면 왕방울 같은 눈에 눈물을 글썽여 대는 아버지로선 어림없는 일이다. 그리고 만약 당시 내가 법대를 지원했어도 꼭 합격한다는 보장은 어디에도 없었다는 데 생각이 미치면 아이고, 그래도 이만만 하길 다행이지 하는 생각이 들었다. 이런 긍정적 기질도 아버지한테 물려받은 거니까 이래저래 아버지를 원망할 수가 없다.

사춘기 때 난 한동안 어떤 친구를 속으로 많이 부러워한 적이 있었다. 쪼들리는 살림살이였지만 천성이 낙천적이고 대범한 우리 엄마는 자식들이 뭘 하든 내버려 둔 데다가 꼭 필요한 학용품 이외에는 거의 아무것도 해 준 적이 없었다. 특히 큰딸인 나에게는 어렸을 때부터 성인처럼 대하고 잡다한 집안일을 많이 시켰다. 내가 공부를 잘하는지 못하는지 관심을 보이는 적도 없었으니 시험 때라고 봐 주는 적도 없었다.

그런데 내 친구엄마는 중학생인 딸을 마치 여덟 살 먹은 애처럼 보살폈다. 사 달라는 건 말이 끝나기도 전에 대령했고 공부하는 것도 일일이 챙겼다. 나도 저런 엄마 밑에서 태어났으면 참 좋았을 텐데 하는 생각이 저절로 들었다. 그러다 집에 돌아와 내 엄마를 보면 큰 죄를 지은 것 같아 공연히 신경질을 부리곤 했다.

나이가 들어 크고 작은 인생의 굴곡을 겪은 후 친구는 때때로 자신의 엄마를 원망하는 말을 흘렸다. 엄마가 너무 공주처럼 키워서 자신이 현실에 대처하는 능력이 떨어진다는 것이었다. 반면 친구인 나는 어릴 때 엄마가 자립성을 키워 준 덕분에 지혜롭게 인생을 개척하며 살아간대나 뭐래나. 친구 눈에는 내가 제법 그럴듯하게 살아온 것처럼 보이나 보다. 아무튼 이래저래 부모는 부모가 된 순간부터 자식의 원망받이라는 운명을 타고난 것 같다. 그걸 무슨 재주로 피한담.

아무튼 자식으로부터 원망 듣지 않을 방법을 모색하는 대신 어차피 부모는 원망 받을 운명의 직업인가 보다 하고 받아들이면 속이 편하다. 그런데 내가 겪은 바에 의하면, 부모가 약간 부족하게 키운 자녀들보다 부모가 너무 넘치게 키운 자녀들이 나중에 원망의 강도가 더 큰 것 같은 인상을 받는 것은 나의 의도된 착각일까.

'엄마'라는 말만 들어도

이태 전에 어머니를 여읜 후배는 엄마 이야기만 나오면 울컥한다. 그날도 돌아가시기 얼마 전 몇 달 동안 자기가 어머니를 다른 지방도 시에 따로 모셔서 어머니가 굉장히 서운해하셨다며 자책했다. 평소 그가 평생토록 얼마나 어머니를 살뜰하게 챙겼는지 잘 알고 있었던 나는 그날따라 그의 슬픔에 공감을 보이는 대신 조금은 퉁명스럽게 말했다.

요즘 세상에 너 같은 딸이 어디 있니? 너만큼 했으면 넘치고도 남 으니까 더 이상 슬퍼하지 않아도 돼. 난 살아생전 엄마한테 데면데면 하게 군 딸이었는데도 돌아가시고 나니 회한은커녕 더 이상 아프지 않은 세상으로 가셨다는 생각에 오히려 마음이 편해지더라.

말을 해 놓고 보니 세상에 불효녀도 이런 불효녀가 또 없겠다 싶었다. 그런데 그게 돌아가신 엄마에 대한 내 솔직한 마음인 것만은 부인할 수 없는 사실이다.

그동안 살아오면서 직간접으로 '어머니란 말만 들어도 눈물이 난다'는 말을 숱하게 듣고 또 읽어 왔다. 다른 문화권은 잘 모르겠으나 우리나라 사람들에게 어머니는 희생, 그리움, 영감, 회한과 나란히 존재하는 단어다. 어머니를 떠올리는 순간 그리움과 죄책감이 온몸을 사로잡는다고 모두들 입을 모은다. 지금 내 옆에 단 하루만 살아 계신다면 온몸을 다 바쳐 효도를 하고 싶다고들 한다.

난 아니다. 어머니를 생각하면 돌아가시기 전의 투병생활이 떠올라 가슴이 좀 아려 오지만 그렇다고 회한에 사로잡히진 않는다. 설령 다시 살아 오신다고 해도 예전과 달리 살갑게 굴 자신도 없다. 그렇다고 생전에 어머니에게 남모를 앙금이 쌓인 것도 아니다. 우리 모녀는 오사바사한 사이도 아니지만 냉담한 사이도 아닌 한마디로 쿨한 사이였던 것 같다.

왜 이렇게 돌아가신 어머니한테 무덤덤한 딸이 됐을까 곰곰 생각해 보면 답은 아주 명료하다. 나의 어머니는 그 시대 많은 어머니들에 비해 상대적으로 훨씬 즐겁고 행복한 인생을 사셨기 때문이다. 비록 경제적으로 넉넉하지는 않았지만 평생 남편이 벌어다 주는 돈으로 알뜰하게 살림하면서 남에게 아쉬운 소리를 한 적도 없고, 북한에서 두 분만 내려와 새로운 가족을 만들었기에 시집식구와의 갈등 따위도 아예 없었으며, 무엇보다 아버지가 그 시대 남성들과는 달리 자신의 아내를 끔찍이 사랑했다. 자식들에겐 평생 선물을 한 적이 없지만 아내에겐 수시로 조그만 선물을 했다.

온 식구가 둘러앉아 밥을 먹을 때도 항상 아내 옆에 앉아 아내의 무릎에 손을 올려놓았다. 노년에 들어서도 자식들이 추렴해서 사 드린 자동차를 타고 부부가 함께 전국으로 낚시여행을 다녔다. 마음에 드는 호숫가에 텐트를 치고 버너에 라면을 끓여 먹으면서 몇 날 며칠을 보내곤 했다.

기력이 쇠해 더 이상 함께 여행을 다니지 못하고 두 분이 집 안에서 함께 지내는 시간이 많아지면서 자식들에게 상대방에 대한 불평을 늘어놓기도 했지만, 아무튼 자식들이 기억하는 우리 부모는 당대에 보기 드문 현대적인 잉꼬부부였다. 만년에 간혹 어머니가 내게 아버지에 대한 불평을 하면 난 매몰차게 말했다. 엄마가 아버지한테 그런 말 하면 안 되지, 엄마처럼 행복하게 산 여자가 어디 있어, 엄마 딸들도 그렇게 재미있게 못 사는데. 어머니는 자기편을 들어주지 않는 매정한 딸에게 순간 섭섭한 눈치였지만 이내 자신의 결혼생활이 얼마나 행복한지에 대해서 자부심을 느끼는 것 같았다.

아무튼 어머니를 생각하면 '그 당시 그 정도로 살았으면 정말 잘 산 인생'이라는 결론에 도달하기 때문에 마음이 짠하지도 코끝이 시큰거리지도 않는다. 자식을 위해서 인내하고 희생한 고귀한 모성이라는 단어는 나의 어머니와는 어울리지 않는다.

어머니의 이미지가 행복한 여성으로 떠오르는 데는 아버지와의 관계뿐만 아니라 어머니가 갖고 있는 좋은 자원들도 큰 몫을 차지한다. 무엇보다 어머니는 큰 소리로 잘 웃는 지극히 명랑하고 긍정적인 사람이었다. 다른 집들에 비해 작고 초라한 집에서 살았지만 가난이나 아버지를 원망하는 말을 단 한 번도 들어본 적이 없다. 그리고 어머니는 신체적으로 아주 건강한 사람이었다. 건강한 신체와 건강한 마음처럼 좋은 자원이 또 어디 있으랴.

그러므로 우리 자매들은 어머니 기일에 모이면 어머니의 낙천적 말투를 흉내 내며 시종 깔깔댄다. 내 어머니가 희생과 인내의 표상으로 기억되지 않아서, 행복한 여성으로 기억되어서 난 너무 좋다.

대다수의 사람들이 어머니에 대한 기억을 떠올릴 때마다 애틋한 감정에 빠지는 건 아마도 생전의 어머니들이 겪었던 고난과 희생이 함께 떠오르기 때문일 것이다. 순탄치 않은 역사 속에서 가족과 자식을 위해서라면 아무리 험하고 고된 일도 묵묵히 견뎠던 어머니, 생계와 자식교육을 위해서 온갖 품앗이나 바느질, 행상도 마다하지 않았던 어머니, 생선 가운데 토막은 남편과 자식에게 주고 자신은 늘 생선 머리만 좋아한다던 어머니, 계란도 고기도 짜장면도 속이 거북해 못 먹는다던 어머니, 너희만 잘 살면 더 이상 아무 소원이 없다던 어머니. 그 어머니에 대한 죄책감을 어머니가 안 계실 때에야 비로소 느끼게 된다는 이야기다.

나도 아주 어렸을 땐 어머니 식성이 좀 별나다고 생각하긴 했다. 닭고기를 먹으면 늘 모가지가, 생선을 먹으면 머리가 맛있다고 했으니까. 하지만 그게 거짓말이라는 것도 아버지 덕분에 꽤 일찍 깨달은 편이었다. 그럴 때마다 아버지가 불같이 화를 내면서 어머니 앞에 가운데 토막을 갖다 놓았다. 특히 생선머리 같은 것은 아버지가 먼저 통째로 입에 넣고 씹었다. 당신의 튼튼한 치아를 과시하면서.

가끔 상상해 본다. 우리 아이들은 나중에 어머니라는 말에서 어떤 감정을 떠올릴까 하고. 아마 내가 느끼는 것과 같지 않을까. 혹시 그리움이라는 감정이 떠오를 수도 있겠지만 적어도 애틋함이나 죄책감을 느끼진 않을 것 같다. 아니 솔직히 말하면 그리움이란 것도 내 원망사항일 뿐이다. 이참에 아이들에게 바란다면 혹시 나를 떠올리게 되면 어머니가 평소 저질렀던 수많은 어리석음을 기억하고 유쾌한 농담거리로 삼았으면 좋겠다.

아이가 헷갈려해요

"남편이 그냥 놔뒀어요?"

자녀교육에 관한 강연을 할 때마다 받는 단골질문이다. 내가 아이에게 공부하란 잔소리도 안 하고 사교육도 안 시키고 키웠는데 남편이 어떻게 딴죽을 걸지 않고 그대로 내버려 뒀는지 신기해하는 여성들이 의외로 많다.

20여 년 전에도, 바로 어제도 똑같은 질문이 나온다. 왜 그런 질문이 나오는지 뻔하다. 강연장에 오는 엄마들의 외양은 나날이 젊어지고 세련되어 가는데 자녀교육을 둘러싼 부부 간의 갈등은 세월이 가도 변한 게 없는 모양이다. 아이가 행복하게 성장하기를 바라는 마음이야 부모 모두 간절하겠지만 자녀교육의 목표나 방향에 대해선 서로 다른 경우가 꽤 있기 때문이다. 자라 온 환경이나 성향 그리고 가치관이 사람마다 다르다 보니 어쩔 수 없는 결과이리라.

어제도 강연이 끝난 후 한 엄마가 무척 심각한 표정으로 물어볼 말이 있다며 나를 붙잡았다. 자기는 내가 말한 내용대로 아이의 적성을 살려 주는 쪽으로 방향을 잡고 아이를 비교적 자유롭게 키우려고 하는데 남편은 정반대란다. 시대가 바뀌었느니 어쩌느니 하는 말에 현혹되지 말고 아이를 엄격하게 통제하고 공부에 전념하게 해야 한다고 주장한다는 것이다. 엄마아빠가 서로 말이 달라 아이가 헷갈려한다는 것이다. 이럴 땐 어떻게 하는 게 좋을지 알고 싶다며 엄마는 눈물을 글썽였다.

오래전 한창 조기유학 붐이 일었을 때의 일화가 기억난다. 한 엄마가 고민을 털어놓았다. 남편이 기꺼이 기러기아빠가 될 테니 아내에게 초등 5년생 아들을 데리고 캐나다에 유학을 가라고 거의 강요한단다. 이 엄마는 가족은 헤어져 사는 게 아니라고 굳게 믿고 있을 뿐만 아니라 자신의 아이가 공부에 탁월한 재능이 있는 것 같지도 않기 때문에 조기유학 따위는 아예 염두에도 없었던 터였다. 자기가 전혀 액션을 취하지 않으니까 남편은 답답해하다 못해 화를 낸단다.

다른 여자들 같으면 남편이 반대를 해도 아이를 위해서 기를 쓰고 외국으로 나가려 할 텐데 당신은 요즘 엄마들답지 않게 왜 그렇게 아이들 교육을 등한시하냐, 우리 회사 아무개 부장네도, 아무개 과장네도 다 자식들을 외국에 보냈는데 우리만 뒤떨어지지 않느냐, 내가 학벌 때문에 각종 불이익을 당하며 사는 것만 해도 억울한데 자식까지 그런 꼴은 못 보게 한다고 계속 닦달을 하는 중이란다.

경험상 이런 유의 부부갈등은 대개 반대일 경우가 많다. 최신 교육 정보와 트렌드에 밝은 아내들이 적극적으로 행동에 나서는 반면 남편들은 마지못해 따라가는 경우가 훨씬 많다. 더욱이 기러기아빠가 되면 일상생활이 얼마나 불편할지 상상만 해도 싫은 남편들로선 아내의 제안에 선뜻 따르기가 쉽지 않지만 대개는 아내의 설득에 지기 일쑤다.

하지만 사람마다 생각이 다르기 마련이라 오히려 아내보다 훨씬 적극적으로 나오는 남편이 없는 것은 아니다. 자녀의 더 나은 미래를 위해서라면 어떤 희생도 치를 각오가 되어 있는 아빠들이다. 비록 조기유학으로 인한 갈등은 아니지만 어제 나에게 질문한 여성의 남편도 그런 종류의 아빠라고 하겠다.

정확한 통계에 의한 결론은 아니지만 내가 만난 요즘 젊은 부모들의 경우 대부분의 아빠들이 자신은 아이들을 자유롭게 키우고 싶은데 아내들이 아이를 숨도 못 쉬게 학원으로 내몬다며 불평하는 게 현실이다. 아이들을 좀 놔두라고 한마디 했다가는 백 마디로 반격당한다고 한숨을 쉰다. 당신은 세상이 어떻게 돌아가는지 아느냐, 우리 애는 다른 애들에 비하면 아무것도 아니다, 아빠가 돼서 도무지 도움이 안 된다, 애는 내가 알아서 할 테니까 당신은 돈이나 많이 벌어 와라 등등.

아무튼 어떤 경우든 이런 부모 밑에서 자라는 아이들은 헷갈릴 수밖에 없다. 엄마 말을 따를지 아빠 말을 따를지 혼란스러운 데다가 자신을 키우는 문제로 엄마아빠가 밤낮 싸우는 모습을 봐야만 하니 말이다. 싸움이란 게 또 처음엔 비교적 이성적으로 차분하게 시작하지만 반복될수록 상승작용을 일으켜 결혼생활 전반에 걸친 감정적 전투로 번져 가는 건 당연한 수순이다. 아이를 위해서 시작된 싸움이 결국 부모의 의도와 반대로 아이를 정서적으로 학대하는 결과를 초래하는 것이다.

젊은 시절 내내 나는 남편이 집안일은 물론이요 육아에 전혀 관심이 없어서 늘 불만이었다. 그때만 해도 남녀 간의 역할 분담이 엄격했던 시대였던지라 육아에 참여하는 남자들이 아주 드물었지만 그래도 아이들이 학교에 들어가면 아빠들도 아이들이 공부를 잘하는지 못하는지에 대해서는 늘 신경을 썼다. 아이들 성적이 떨어지면 불같이 화를 내고 아이만이 아니라 엄마까지 싸잡아 닦달하는 아빠들에 대한 이야기도 자주 들려왔다.

아이를 제대로 공부도 못 시키고 뭐 했냐고 잔소리하는 남편 때문에 스트레스를 받는다면서 뒤에서 남편 욕을 하는 아내들을 보면 당시엔 솔직히 부러운 마음이 들기도 했었다. 저 집 남편은 그래도 아이들에게 관심이 많구나 싶어서. 그런 불만이 가득 차 있었기에 나중에 난 남편에게 당신은 아이들을 키우는 데 무임승차한 승객이라며 빈정거리곤 했다.

그런데 자녀교육에 관한 강연을 할 기회가 늘어나면서 슬그머니

"아이를 잘 키우고 싶으면 무엇보다
절대로 아이를 헷갈리게 하지 마세요.
부부가 싸우세요. 피 터지게 싸우세요.
끝까지 싸워서 어느 쪽이든지
한쪽으로 방향을 정하세요."

남편의 육아공헌도에 대한 평가가 후해지기 시작했다. 내가 그렇게 내 마음대로 아이들을 자유롭게 키울 수 있었던 데는 남편의 공도 꽤 크다는 뒤늦은 깨침을 얻었기 때문이었다. 순전히 강연할 때마다 '당신의 남편이 당신을 그렇게 맘대로 하도록 놔두었느냐'는 질문을 자주 받은 덕분이었다.

나는 남편이 육아에 전혀 관심이 없다는 사실에 대해 늘 불만을 품어 왔지 남편이 나의 육아에 눈곱만큼도 간섭을 안 했다는 사실을 좋게 평가하지 않았을 뿐더러, 주위에서 내게 들려주던 반갑지 않은 충고에 휘둘리지 않고 나의 육아에 대해서 일관되게 암묵적으로 지지해 준 사실에 고마워하는 마음도 없었다. 대단히 미안하게도 디딤돌이 안 돼 주었다는 불만이 앞서 걸림돌이 안 돼 주었다는 사실을 잊은 것이다. 세상에는 디딤돌은 언감생심, 걸림돌만 안 돼도 고마운 일들이 널리고 널려 있다는 사실을 잘 알고 있으면서도.

만약 당시 남편이 육아에 지대한 관심을 갖고 대다수의 아빠들이 하던 것처럼 아이들에게 공부에 대한 압력을 넣었다면, 즉 내가 원하는 것과 전혀 다른 방식으로 아이들을 키우자고 간섭했다면 과연 어떤 일이 벌어졌을까. 상상만 해도 골치가 아파 오고 등골이 오싹해진다. 내 성격에 다른 건 몰라도 교육문제만은 절대로 양보하지 않았을 테니까.

어제 간절하게 도움을 청한 엄마에게 난 어떤 답을 주었을까. 솔직히 나였어도 결코 쉽게 할 수 없는, 그러나 꼭 해야만 할 엄청난 과제를 주고 말았다.

"아이를 잘 키우고 싶으면 무엇보다 절대로 아이를 헷갈리게 하지 마세요. 부부가 싸우세요. 피 터지게 싸우세요. 그렇다고 아이 앞에서 싸우면 안 돼요. 아이 없는 데서 싸우세요. 끝까지 싸워서 어느 쪽이든지 한쪽으로 방향을 정하세요."

물론 내가 바라는 방향이야 이미 정해져 있지만 어쩌랴, 저 부부의 아이를 내가 키울 수 없으니 싸움도 저 부부의 몫인걸. 내가 바라는 것과 반대의 길로 정해진다 하더라도 최소한 아이를 헷갈리게 하지는 않는 게 그나마 나을 터이므로.

걱정 말아요, 왕초보 엄마

갓 엄마가 된 여성들은 엄청난 고단함에 항시 시달리면서 시시때 때로 기쁨과 걱정에 휩싸인다. 아기와 눈을 맞추는 순간이나 쌔근쌔 근 잠든 모습을 하염없이 바라볼 때는 살다 보면 이처럼 충만할 수도 있구나 싶어 공연히 코끝이 시큰해지다가도 문득 내가 이 아이를 끝 까지 잘 키워 낼 수 있을까, 과연 내가 엄마노릇을 제대로 할 수 있을 까 하는 걱정에 온몸이 얼어붙기도 한다.

흔히 아이를 힘이라고 하기도 하고 그 반대로 짐이라고 하기도 한 다. 예전 부모들은 너나없이 아이가 있어 이 힘든 세상을 견뎌 내었노 라고, 만약 아이가 없었다면 그렇게 억척스레 살 필요도, 능력도 없었 으리라고 인생의 모든 공을 자식한테 돌렸다.

그러나 요즘엔 내 한 몸 살기도 너무 버거워 아이는 물론이요 결혼도 포기했노라는 젊은이들의 볼멘소리가 도처에서 들려온다. 일자리 찾기도 어렵고 집 마련하기는 더 어려운 세상에서 이리 치이고 저리 치이기만 하는 고달픈 삶을 자식한테만은 대물림하지 않는 게 오히려 진정한 부성, 모성이 아니겠느냐는 우리 세대로선 참으로 들어주기 거북한 말에도 고개가 끄덕여진다.

이러다 보니 요샌 나이 든 세대라고 젊은이들한테 무조건 사람은 결혼을 해야 어른이 되는 법이라느니, 아이를 낳아 봐야 비로소 인생이 뭔지 제대로 알게 된다느니 하고 물색없이 훈계하려 들지 않는다. 물론 속으로야 마흔이 넘도록 결혼할 기미가 안 보이는 자식들에게 따끔하게 야단치고픈 마음이 굴뚝같겠지만 적어도 겉으로는 섣부른 오지랖을 펼치지 않는 세상이 되었다.

솔직히 나도 그렇다. 어렸을 때부터 자식들한테 네 인생은 네 거, 내 인생은 내 거라며 퍽이나 쿨한 척했기 때문에 자식들이 커서도 결혼은 언제 하냐, 애는 낳아야지 등등의 이야기를 꺼낸 기억이 별로 없다. 물론 어디까지나 내 생각이지만 말이다. 하지만 마음속에서는 그래도 결혼은 안 하는 것보다 하는 게 좋은데, 애도 있으면 참 좋은데라는 말을 궁시렁거리곤 했다. 그래서 어떤 연유인지 아이들 셋이 모두 결혼을 하더니 곧이어 아이를 둘씩이나 낳았을 때 사실이지 무척 놀랍고 기뻤다. 심지어 아들며느리가 마치 나를 위해서 손주를 낳아 준 것만 같은 착각까지 들었다. 물론 내 유전자의 전달이라는 이기적인 목표가 달성됐다는 만족감도 작용했겠지만, 그보다는 재미있고 신나는 일이 점점 줄어드는 나이에 어느 날 갑자기 생명력 넘치는 존재들이 나타나 내 주위를 뛰어다니고 있으니 이런 행운이 또 어디 있을까 하는 마음이었다.

친구들 말을 들어 보면 나이가 들어가니 길거리를 지나가다 아이들 노는 모습만 봐도 좋아서 걸음을 멈추고 한참을 구경하게 된다고들 한다. 나도 젊었을 적부터 워낙 아이를 좋아해서 그런지 요즘도 아무개네 딸이나 며느리가 아이를 낳았다는 소식만 들려 와도 그렇게 반가울 수가 없다. 나랑 아무 상관 없는 사람의 사돈네에 아이가 태어났다는 이야기까지 내 일처럼 반갑다.

그래서 오늘 뜬금없이 산후조리원을 퇴원한 엄마들을 위한 모임을 마련했으니, 육아에 관한 강의를 해 달라는 요청을 받고는 앞뒤 잴 것 없이 냉큼 그러마 했다. 벌써 몇 달 전부터 이번 겨울엔 강의를 안 하겠다고 마음먹었던 것도 까맣게 잊어버리고 말이다. 그동안 만나 온 다른 엄마들과 달리 아기를 낳은 지 얼마 안 된 엄마들이 혹여 아이 키울 걱정에 아이 키우는 기쁨을 잊으면 어떡하나 하는, 지극히 할머니스러운 오지랖 덕분이었다.

그렇게 덥석 청탁을 받아 놓고는 그제야 새삼스레 왕초보 엄마들에게 무슨 말을 해 주는 것이 가장 영양가 있을까 머리를 짜내는 중이다. 미래를 대비하여 가능한 한 일찍부터 아이의 적성을 찾아 주라거나 자율성과 창의성을 키워 주라거나 하는 말들은 아직까지는 피부에 와 닿지 않을 테고, 그렇다고 아이 키우는 시간은 생각보다 짧으니 무조건 이 시간을 맘껏 즐기라는 말은 이미 아이를 다 키워 낸 사람만이 누릴 수 있는 사치스러운 말로 들릴 테니. 아기를 낳은 후 기쁨과 걱정, 아니 무엇보다 고단함 사이를 오가고 있는 왕초보 엄마들에게 필요한 말은 뭐니 뭐니 해도 그들의 마음을 편하게 만들어 줄 수 있는 위로와 격려의 말이 아닐까. '걱정 말아요, 그대' 같은.

왕초보 엄마들의 걱정은 대략 두 가지 정도일 게다. 혹시라도 아기가 잘못되면 어떡하나 하는 것과 내가 과연 아기를 잘 키울 수 있을까 하는 것. 둘 다 자신의 엄마노릇에 대해 확신을 갖기 어려워 자연스레 생기는 걱정들이다. 거의 모든 걱정이 그렇듯이 엄마들의 걱정 또한 한마디로 쓰잘 데 없는 걱정이다. 아직 일어나지도 않았으며 만약 일어났다면 어쩔 수 없는 미래에 대한 걱정들이므로. 출산 직후 가뜩이나 육체적으로 편치 않은 처지에 일어나지도 않은 일에 대해 걱정한다는 건 명백한 에너지 낭비.

엄마가 할 일은 그저 편안한 자세로 '사랑으로 보살피기' 이외에는 아무것도 없다. 먼저 아이를 낳은 선배엄마들에게서 주워들은, 육아에 관한 온갖 고충들은 귀에 담아 둘 필요가 없다. 내 경험에 따르면 모든 엄마들은 자신의 방식으로 아이를 키운다. 그 엄마가 겪은 고충은 그 엄마의 것이지 내 것이 아니다. 하릴없이 다른 엄마의 고충을 지레 느끼고 지레 걱정할 게 뭐가 있담. 다른 일들도 마찬가지이지만 아이를 키우는 일 역시 엄마가 어렵게 생각하면 한없이 어렵고, 쉽게 생각하면 한없이 쉬운 일이라고 나는 믿는다.

사실 아이를 '너무' 잘 키우려고 하지 말고 그저 '그냥' 잘 키우려고 맘먹으면 생각처럼 크게 어려운 일이 아니다. 내 맘대로 내 머릿속에 그려 놓은 '이상형 아이', 즉 '예쁘고 착하고 똑똑한 아이, 공부 잘하고 운동도 잘하고 예술적 감성도 뛰어난 아이, 돈 잘 벌고 예의 바르고 효심 깊은 아이'로 키워 내려는 원대하고 야무진 꿈 대신, '지금 내 눈 앞의 아이' 속에 깃든 '내 아이다움'을 오롯이 키워 주자는 소박한 마음만 잊지 않는다면 아이 키우는 일은 놀라울 정도로 확 가벼워진다.

어느 쪽을 택할 것인가는 전적으로 엄마 자신의 선택에 달려 있다. 그러니 나는 아이의 행복을 위해서 이렇게 키우고 싶은데, 세상은 아이의 성공을 위해서 저렇게 키워야 한다며 날 흔들어 댄다고 징징거릴 것도 원망할 것도 없다. 남의 말에 흔들리는 것도 남의 탓이 아니라 결국 나의 선택일 뿐이다.

아이를 낳기 전 엄마들은 간절히 기도한다. 남보다 예쁘고 똑똑하지 않아도 좋으니 오직 건강하게 태어나 주기만 한다면 그 이상 바랄 게 없노라고. 제발 손가락 발가락 열 개씩 온전히 갖고 태어나 달라고. 그렇다, 아이가 건강하게 태어난 순간 엄마의 간절한 소망은 이미 완벽하게 이루어진 것이다.

그러므로 아이가 어땠으면 저땠으면 하고 그 이상을 요구하는 것은 한낱 욕심일 뿐이다. 건강하게 태어남으로써 나의 소망을 이뤄 준 데 대한 답례로, 나에게 와 준 아이에게 늘 고마운 마음으로 돌본다면 아이가 하는 모든 행동들이 늘 경이롭게 보일 것이다. 동시에 엄마들은 자기도 모르는 새 늘 편안하고 행복에 가득 찬 시간을 보낼 수 있게 된다. 늘 편안하고 행복한 엄마와 더불어 사는 아기 또한 자연스레 편안하고 행복한 아이로, 나아가 행복한 어른으로 성장해 나갈 수 있을 것이다.

그러니 왕초보 엄마들, 쓸데없는 걱정일랑 집어치우고 편한 맘으로 아이를 보살펴요.

워킹맘, 너무 미안해하지 마요

몇 해 전 겨울, 해운대에서 열린 글로벌 여성리더십 대회에서 주제 발표를 해 달라는 요청을 받았다. 세계 각국에서 일하는 여성들이 모여 공동관심사에 대해 허심탄회하게 대화를 나누는 자리라고 했다. 기획안을 보니 세계 유수의 대기업 등에서 고위직으로 일하는 여성들이 대거 참여, 자신의 업무에 대해서 발표하는 내용으로 짜여 있는데 기업에서 일하는 것도 아니고, 그렇다고 이렇다 하고 내세울 직함도 없는 내가 잘나가는 여성들 앞에서 무슨 할 말이 있겠나 싶어 단번에 거절했다.

그러자 주최 측은 어느 나라를 막론하고 워킹맘들은 일과 가정, 두 마리 토끼를 잡느라고 고군분투한다며 그들에게 인생의 선배로서 따뜻한 위로와 격려의 말을 들려주는 걸로 충분하다고 열심히 나를 설득했고 결국 나는 설득당하고 말았다.

자화자찬이라고 흉잡히겠지만 내가 살아오면서 그나마 잘하는 일이 있다면 그건 낄 데 안 낄 데를 비교적 잘 가린다는 점이다. 내가 별 관심이 없는 분야는 물론이요 내 역량에 버거운 일이 들어오면 난 이것저것 잴 틈도 없이 반사적으로 '그 일은 저한테 맞지 않아서 못하겠습니다'라는 말이 튀어나온다.

원고청탁이나 방송출연요청, 간혹 들어오는 주례요청도 마찬가지다. 어떨 땐 뒤늦게 '해 볼걸 그랬나?'라는 미련이 생길 때도 있긴 하지만 다음에 비슷한 요청을 받으면 또 똑같은 반응이 나온다. 어쩌면 너무 잘난 척한다는 뒷말을 들을지도 모르지만, 거절은 가능한 한 빨리 똑 부러지게 하는 것이 상대방에게도 좋은 일이라는 생각에서다. 그런 탓에 한번 거절한 청탁을 뒤집은 적이 거의 없었다.

그런데 이번에 변덕을 부렸던 이유는 20여 년 전 중국에 갔을 때 겪었던 어떤 장면이 문득 되살아났기 때문이었다. 당시 내가 속한 연구소에서 기획한 프로젝트의 일환으로 중국 옌볜대학에서 1년 동안 초빙교수로 일하기로 했다. 연길시로 떠나기 며칠 전 북경대학을 방문해서 중국 여성의 삶에 대한 구체적 이야기를 듣기로 했다. 그동안 책으로만 읽었기 때문에 이번 기회에 직접 중국여성의 입을 통해 듣고 싶었다.

나는 조선족 여성교수의 안내로 베이징대학에서 중책을 맡고 있는 두 명의 여성교수들을 만났다. 둘 다 위풍당당한 체구에 나보다 한

참 연상으로 보였다. 나를 대하는 태도가 그렇게 위압적이고 무뚝뚝할 수가 없었다. 수교한 지 1년밖에 안 된 사회주의 국가 여성과 자본주의 국가에서 온 여성 사이에 무슨 공감대가 있을까 싶어 내 몸과 마음은 나도 모르는 사이 뻣뻣하게 굳었다.

나는 서투른 중국어로 내 소개를 한 후 육아에 대한 이야기로 말문을 열었다. 나는 아들 셋의 어머니이며 육아 때문에 십 년 동안 일을 그만두었던 경험이 있다, 내가 알기로 중국은 탁아제도가 잘돼 있으니 일과 육아의 양립이 수월했으리라고 생각하는데 두 분 선생님은 어떠셨는지 솔직하게 물었다.

그러자 조금 전까지만 해도 노골적으로 우월감을 과시하던 두 여성의 표정이 순식간에 바뀌었다. 내가 중국어 초보자라는 사실도 잊은 채 그들은 눈물을 글썽이며 자신들이 일하면서 아이를 키우느라고 얼마나 마음고생 몸고생을 했는지, 하나밖에 없는 아이를 사랑으로 보살피지 못한 것에 대해 마치 봇물이 터지듯 하소연하는 것이었다. 체제가 다른 나라 여성들 사이에 감돌던 날선 신경전이 마법처럼 사라지던 신기한 시간이었다.

그런 경험은 몇 년 후 옌볜에서 만난 김일성대학 여교수들과의 만남에서도 똑같이 되풀이되었다. 마치 로봇처럼 틈만 났다 하면 사회주의 국가의 우월성을 자랑하던 그들 역시 아이 이야기만 나오면 갑자기 항상 아이들에게 죄책감을 품고 사는 마음 여린 어머니의 표정으로 돌아갔다. 오히려 내가 그쪽은 국가가 아이를 키워 주니 여성들도 사회생활을 맘껏 할 수 있지 않느냐, 우리 쪽에선 육아 때문에 일을 중단해야 하는 여성들이 적지 않다고 부럽다는 속내를 드러냈다. 그러자 그들은 '아이들이 어렸을 때는 엄마가 옆에 있어야 한다'며 일을 그만두어도 먹고살 형편이면 오죽 좋겠냐면서 노골적으로 나를 부러워했다. 나라가 달라도 체제가 달라도 일하는 여성의 마음은 똑같구나 하는 생각에 웃어야 할지 울어야 할지 도무지 표정을 잡기 어려웠다.

글로벌 여성리더십대회에서 발표한 내 주제는 '워킹맘, 죄책감에서 벗어나라'는 내용이었다. 거기서 만난 여성들 역시 일과 육아를 병행하느라 몸과 마음이 너무 힘들다며 내 말에 큰 공감을 보였다. 외모에서부터 자신감이 뿜뿜 넘쳐 보이는 과테말라나 그리스에서 온 최고경영자들도 아이들한테 늘 미안한 마음을 갖고 있다며 눈시울을 붉혔다.

그들이 가장 미안해하는 것들은 아이들과 놀아 준 시간이 너무 짧았다는 점, 아이들이 꼭 필요한 시기에 옆에 없었다는 점, 특히 아이들이 아팠을 때 출장을 가야 했던 점 등이었다. 그래도 자신은 치열한 경쟁사회에서 때때로 좌절을 느꼈을 때도 아이들을 생각하면서 다시 힘을 낼 수 있었지만, 아이들 입장에서 보면 위로가 필요할 때 기둥이 되어 주지 못한 엄마가 무슨 엄마냐고 항변하는 것 같단다. 혹시 그렇게 자기 일만 아는 이기적인 사람이라면 차라리 아이를 낳지 않아야 하는 게 아니냐고 생각할지도 모르겠단다.

아이에게 엄마는 나를 사랑하며
스스로를 존중하는 사람이라는 믿음만 주면 된다.
아이에게 미안해 죽겠다는 얼굴이 아니라
힘들지만 행복하다는 얼굴을 보여 주면 된다.

그런데 오늘 내가 주제발표를 통해 엄마가 열심히 일하는 모습을 보여 준 것 자체가 아이에게 인생의 나침반 구실을 하는 셈이니 지나친 죄책감은 내려놓으라고 말해 줘서 큰 위로를 받았단다. 아이에게 너무 미안해하다 보면 자칫 과잉양육으로 흐르게 될 수 있다는 경고도 고맙다고 했다. 미안한 마음에 자꾸 물질적으로 갚고 싶을 때가 많다면서. 어느 나라에서나 일하면서 아이 키우는 여성들은 육체적으로 과중노동에 시달리면서도 심리적으로 편편치가 않은 이중의 고난에 시달린다는 점을 다시 한 번 확인한 자리였다.

"선생님, 아무래도 제가 일을 그만둬야겠지요?"

며칠 전 한 젊은 엄마가 내게 조언을 구했다. 16개월짜리 아이를 키우고 있는 워킹맘인데 요즘 퇴직을 심각하게 고민 중이란다. 더 어렸을 땐 몰랐는데 요즘 들어 아이가 엄마를 몹시 기다리는 눈치란다. 날이 어두워지면 시종일관 현관문을 바라보는 아이가 너무 짠하다고 도우미아줌마가 전하더란다.

내가 일단 퇴근하면 아이와 스킨십을 많이 하고 잘 때까지 잘 놀아주면 된다고, 이 고비만 잘 넘기면 괜찮다고 했더니 그 엄마는 '실은 제가 퇴근이 들쭉날쭉이고 제가 하는 일이 어떨 때는 밤 12시에 끝나요'라는 것이었다. 밤 12시라니. 요즘은 주 52시간 아닌가요, 물으니 일의 성격이 그렇게 안 된다는 답이었다. 그래서 퇴직을 고민하고 있는데 아무래도 그동안의 경력이 너무 아까워 직장을 옮겨 볼까 생각

중이란다. 나 역시 퇴직보다 좀 덜 빡센 직장으로의 이직을 권했다.

그 엄마는 자신의 아이를 사랑하지만 일 역시 그에 못지않게 사랑하는 여성이었다. 죽을힘을 다해 아이와 일 사이의 균형을 잡으려고 애쓰는데 그게 잘 안 돼 아이에게 큰 죄책감을 느끼고 있었다. 자신의 일을 좋아하면서도 혹시 내가 뭔가 중요한 걸 놓치고 있는 게 아닐까 늘 불안하다고 했다. 여섯 살까지만 직접 키워 놓으면 그다음에는 일을 해도 아무 걱정이 없을 것 같다며 그는 한숨을 쉬었다.

지금 생각으론 아이가 여섯 살이 지나면 엄마가 마음 편히 일할 것 같지만 천만의 말씀이다. 워킹맘들은 아이가 장성해서 독립을 하기 전까지는 아이에 대한 죄책감을 늘 안고 살아야 하는 운명이다. 아이가 아파도, 아이가 공부를 못해도, 아이가 왕따를 당해도 모두 엄마가 옆에 있어 주지 못해서 그렇게 됐다고 자책한다. 본인뿐만 아니라 남편이나 친지들도 그렇게 생각한다.

나는 워킹맘이 아이에게 미안한 마음을 품는 건 자연스러운 일이라고 생각한다. 워킹맘뿐만 아니라 세상의 모든 엄마들은 다 아이들에게 미안해한다. 이 위험한 세상에 태어나게 해서, 더 좋은 환경에서 태어나게 해 주지 못해서, 우수한 유전자를 물려주지 못해서 미안해한다. 그러나 미안해하는 것까지는 괜찮지만 지나친 죄책감을 가질 필요는 없다. 자칫하다가는 아이 앞에서 당당하지 못하고 늘 쩔쩔매는 엄마로 보이기 쉽다. 일을 해야 해서, 일을 하고 싶어서 내 일을 하는데 그게 무슨 큰 잘못이라고 죄인처럼 구는가. 그보다는 현재 처한 상황에서 최선을 다해 아이를 사랑하면 그것으로 충분하다. 아이에게 엄마는 나를 사랑하며 스스로를 존중하는 사람이라는 믿음만 주면 된다. 아이에게 미안해 죽겠다는 얼굴이 아니라 힘들지만 행복하다는 얼굴을 보여 주면 된다.

Chapter 6

부모들이
돌아보아야 할
교육현실

독박육아 스트레스

'독박육아'라는 단어를 처음 듣자마자 연관되어 떠오른 두 개의 이미지. 첫째는 세상이 아무리 바뀌어도 24시간 아이 때문에 동동거려야 하는 여성의 지친 모습, 둘째는 더디긴 하지만 아무튼 조금씩 균열이 일어나는 남녀 사이의 두터운 벽이다.

일과 가정의 양립이니 육아대디니 하는 말들이 어언 귀에 익숙해졌지만, 아직도 취업주부는 물론이요 전업주부 역시 아이 키우는 일 때문에 심리적으로 육체적으로 고난도의 삶을 견뎌야 하는 게 현실이다. 또한 그럼에도 불구하고 독박육아라는 말이 여성의 응석에서 비롯된 불평도 아니고 남성에 대한 부당한 짐 지우기도 아니라는 인식, 나아가 여성을 독박육아에서 벗어나게 하기 위해서는 남성만이 아니라 사회가 함께 움직여 줘야만 한다는 인식도 서서히 확산되는 중이다.

그리고 '그럼 나는 어땠지?'라는 질문이 자동적으로 이어졌다. 물론 나는 완벽한 독박육아의 담당자였다. 나 혼자 손으로 두 살 터울의 사내아이 셋을 키우는 동안 남편은 단 한 번도 우유를 먹이거나 기저귀를 갈거나 감기에 걸려 펄펄 끓는 아이를 안은 채 밤을 새워 본 적이 없었다.

당시의 남성들이 대부분 그랬듯이 내가 아이를 키우느라 고군분투하는 동안 남편은 늘 회사일로 바깥에 있었다. 아이가 깨기 전에 나가서 아이가 잠든 다음에 귀가하기 일쑤였다. 일 년에 몇 차례 어쩌다 집에서 쉬는 날이면 간혹 아이를 안아 준 적은 있지만 그것도 잠시, 아이가 오줌이나 똥을 싸면 오만상을 찌푸리면서 득달같이 나에게 아이를 넘겼다. 아이가 방긋방긋 웃을 때만 안아 주고 놀아 주고 했다. 그러다가 남편이 소파에서 잠이 들면 나는 조심스레 아이를 데리고 바깥으로 나갔다.

나는 애시당초 아이를 혼자 키우는 현실에 대해 아무런 불만이 없었다. 간혹 내 몸이 아플 땐 에휴, 이럴 때 우유라도 좀 먹여 주면 어디가 덧나나 하고 원망하기도 했지만 그렇다고 남편의 무관심이 부당하고 억울하다고 생각하지는 않았다. 아이는 원래 엄마가 키우는 것이라고 굳게 믿고 있었으니까.

전업주부 때만 그랬던 게 아니라 취업주부였을 때도 마찬가지였다. 아이 키우는 일은 절대로 침범당해서는 안 되는 내 영역이었다.

만약 남편이 아이 키우는 일에 눈곱만큼의 관심을 보이고 참여의사를 밝히기라도 했다면 아마 자신의 영역을 침범당한 짐승처럼 결사적으로 방어했을 게 뻔하다. 당시에도 친구남편들 중에는 육아에 적극 참여하는 아빠가 아예 없는 건 아니었다. 하지만 누구네 남편이 그렇다더라 하는 말을 전해 들으면 겉으로는 '우와, 좋은 남편이네. 그 친구는 참 좋겠다'고 부러워하는 척했지만 속으로는 '무슨 남자가 남자가 돼 갖고 되게 쫌생원처럼 구네, 그 친구 참 고단하겠군' 하며 흉을 봤다.

아이가 자라면서는 기운이 뻗치는 사내아이들과 노는 것에 힘이 부쳤다. 그땐 남편이 아주 가끔이라도 아이들과 공놀이 같은 것을 함께하면 얼마나 좋을까, 아이들한테 모처럼 점수를 딸 절호의 기회가 될 텐데 싶었지만 부질없는 소망이었다. 그나마 형제가 셋이라 지들만으로도 재미있게 놀 수 있어서 다행이었다.

남성들의 육아참여를 실감한 것은 그보다 시간이 많이 흐른 후 내가 다시 사회에 나갔을 때였다. 후배부부가 아기를 데리고 우리 집에 놀러 온 적이 있는데 처음부터 끝까지 아빠가 아이를 품에 안고 있었다. 부부 모두 일을 하는 사람들이었는데도 나는 공연히 엄마가 얄밉고 아빠가 안돼 보여 참견을 했다. 왜 아이를 아빠한테만 계속 떠넘기냐, 아빠도 힘들 텐데 이젠 엄마가 좀 안으라고. 그러자 아빠가 황급히 내 말을 막아섰다.

"아니에요. 저는 아이를 안고 있으면 참 행복해요. 아이의 심장이 두근두근하는 게 제 몸에 전해지는 게 너무 감동적이에요."

난 부끄러웠다. 그리고 눈물이 고일 만큼 감동을 느꼈다.

당시 나는 막 페미니즘에 입문한 직후였다. 생물학적 성에 따른 역할구분이 인간의 본성에 얼마나 어긋나는 경우가 많은가에 대해서 열띤 토론을 하던 무렵이었다. 이론적으로는 너무나 잘 알고 있으면서 실제로는 여전히 고정관념에 사로잡혀 있는 나 자신의 모습이 생생히 드러나는 순간이었다.

한창 열정적으로 여러 대학에서 여성학 강의를 할 때는 남녀학생들에게 우리 세대가 성역처럼 지켜 왔던 성역할의 담을 무너뜨림으로써 윗세대보다 풍요로운 삶을 누리라고 누누이 강조했다. 우리 세대의 경험을 통해 값비싼 교훈을 얻은 덕이었다. 특히 남학생들에게 나중에 결혼해서 아이를 낳을 경우 가사노동의 분담은 물론이요 혹시 아내가 권하지 않더라도 적극적으로 육아에 참여하라고 부추겼다. 육아분담을 의무로서가 아니라 축복으로 받아들일 때 남성도 진정한 부모의 자격을 얻는 것이며 늙어서 가족들에게 소외당하지 않는 지름길이니 절대로 포기하지 말라고 하면, 남학생들은 내 말이 격려인지 협박인지 아리송해하는 눈치였다. 그러나 자신의 아버지와 자신과의 관계―덤덤하거나 적대적이거나 한―를 돌아보면서 내 말을 수긍하는 것만은 분명했다.

아무튼 시대는 눈에 띄게 달라져 간다. 어디까지나 내 생각이지만 내 아들들만 해도 육아에 적극적이다. 물론 며느리들은 영 눈에 차지

"아니에요. 저는 아이를 안고 있으면 참 행복해요.
아이의 심장이 두근두근하는 게 제 몸에 전해지는 게
너무 감동적이에요."

않아 하는 것 같긴 한데 나로서는 그만만 해도 기특하고 고맙다.

막내는 드라마를 촬영할 때면 거의 밖에서 살다시피 한다. 어쩌다 집에 들를 때는 옷을 갈아입기 위해서다. 어느 핸가 촬영이 진행되는 반년 동안 어린아이 둘을 온전히 혼자 키워야 했던 아내에게 많이 미안했던 막내는 드라마가 끝나자마자 아내에게 통 큰 선물을 했다. 일주일간의 영국여행. 한 살과 네 살짜리는 자기가 돌볼 테니 마음 놓고 놀다 오라고 했다. 며느리를 통해 그 이야기를 전해 듣자 내 입에서 나온 말은 '그놈 생각보다 멋지네'였다. 진심이었다. 오히려 친정어머니가 그렇게 어린아이들을 아빠한테 맡기고 웬 해외여행이냐, 좀 있다 아이들 큰 다음에 가면 되지 않냐고 말렸다고 한다.

30년 동안 〈여성신문〉을 만드는 일에 관여하다 보니 아주 일찍부터 육아대디들을 만날 기회가 많았다. 그들은 아빠는 가계를 맡고 엄마는 살림과 육아를 맡는 전통적인 성역할을 거부하고 부부의 능력이나 적성에 따라 융통성 있게 가계와 육아를 나누고 있었다. 흥미로운 사실은 스스로 살림과 육아를 선택한 육아대디들도 때로는 극심한 주부스트레스와 육아스트레스에 시달린다는 점이다. 아무리 아이를 키우는 일이 즐겁고 보람 있다고 느껴도 장시간의 육아는 심리적 육체적으로 힘든 노동이기 때문이다.

사람들은 대개 취업주부의 독박육아 스트레스는 이해한다는 태도를 취하는 반면, 전업주부의 스트레스에 대해선 상당히 비판적이다. 하루 종일 바깥에서 일에 시달리고 기진맥진해서 귀가한 남편에게 집에서나마 편히 쉬는 시간을 줘야 마땅한데 육아까지 나눠 하기를 바란다는 건 여자들의 이기적인 욕심이라는 것이다. 그러려면 아내도 돈을 벌어 오라는 식이다. 아내 스스로도 대부분 그렇게 생각하는 편이기 때문에 극한상황이 아닌 한 남편에게 육아분담을 청하지 않는다. 남편의 경제활동 덕으로 육아비용을 충당하고 있으니 결국 남편도 육아의 많은 부분을 담당하는 거라고 스스로를 설득한다. 게다가 혹시 남편이 자발적으로 도움을 주겠다고 나서도 하나부터 열까지 서투르다 보니 오히려 거추장스럽게 여겨진다.

하지만 전업주부도 낮 시간에 쉬지 않고 일한 사람이다. 여덟 시간 이상을 육아에 쏟다 보면 남편이 귀가할 즈음에는 파김치가 되기 마련이다. 그럼에도 육아에는 퇴근이 없다. 남편의 퇴근 이후에는 부부가 유연하게 시간을 나눠 육아를 맡는 게 당연한 이치 아닌가.

얼마 전에 개봉된 영화 〈툴리〉는 세 아이를 키우느라 몸과 마음이 피폐해진 한 여성의 삶을 세밀하게 그려 냄으로써 어느 나라나 존재하는 여성의 독박육아에 대해 문제를 제기했다. 영화가 제시하는 메시지는 분명하다. 육아가 여성의 삶을 피폐시키는 요인이 아니라 삶을 풍요롭게 만드는 원천이 되게 만들려면 육아의 짐을 나눠 지는 누군가가 있어야 한다는 것이다. 그러나 현실적으로 영화에서처럼 야간 보모라도 쓰려면 경제적인 부담이 크고, 남편이 분담을 하려면 직장인의 경우 칼퇴근이 가능하고 마음 놓고 육아휴직 제도를 쓸 수 있어야 한다. 신의 직장으로 꼽히는 공무원들이나 공기업들, 그리고 몇몇 이름난 대기업에서나 가능한 일이다. 대부분의 경우, 현재 우리나라 실정으로선 답이 없다. 육아분담에서도 빈익빈 부익부인가.

훈육과 학대 사이

'학대가 아니라 훈육이다'라는 것이 자녀를 학대한 혐의로 검거된 부모들이 하나같이 하는 변명이다. 밥을 너무 많이 먹는다고 또는 너무 안 먹는다고 장시간 화장실에 가두거나 속옷만 입힌 채 집 밖으로 쫓아내는 부모들부터, 온몸에 상처가 나도록 꼬집거나 치사상태에 이르기까지 마구 때리는 부모들 모두 그렇게 말한다. 아이들 버릇을 가르치기 위해서 따끔한 맛을 보여 주려고 한 것이지 결코 미워서 그런 게 아니라고. 아이들을 사랑하니까 눈물을 머금고 벌을 주는 거지 남 같으면 모른 척했을 거 아니냐고.

아무리 끔찍한 뉴스라도 비교적 냉담하게 받아들이는 나는 그런 부모들을 볼 때마다 피가 거꾸로 솟는 기분이 무언지 알 것 같다. 사랑하니까 학대한다니, 사랑하면 보듬어야지 이 무슨 사이코 같은 짓들이냐 말이다. 그럴 때마다 난 '부모자격증'이란 걸 만들어서 일정 교육을 받고 자격증을 딴 사람들에게만 아이를 낳을 수 있게끔 규제해야 한다는 일부 사람들의 주장에 적극 동의하고 싶어진다. 물론 말도 안 되는 일이라는 걸 잘 알면서도.

한번은 그런 부모들의 심리가 하도 궁금해서 서울의 변두리지역에서 오랫동안 빈곤아동 지원활동을 해 온 지인에게 물은 적이 있다. 그는 아이를 학대하는 부모들은 스스로 부모로부터 사랑을 받아 본 경험이 없기 때문에 애시당초 아이를 사랑하는 법 자체를 모른다고 했다. 부모와 대화를 해 본 적도 없으니 아이와 대화를 어떻게 하는 건지 모르고, 마음에 안 들면 손부터 올라간다는 것이다. 게다가 대부분 불안정한 일로 생계를 유지하는 빈곤층이라 일상에서 받는 심적 물적 스트레스가 크다 보니, 유일하게 자기보다 약한 상대인 아이들을 학대함으로써 스트레스를 푸는 거라고 했다. 물론 학대가 아니라 훈육이라는 핑계를 대면서.

문제는 그렇게 자란 아이는 대부분 다시 그런 부모가 되는 악순환이 계속된다는 점이다. 아이를 학대하는 부모들이 흔히 자신도 그렇게 컸는데 왜 그걸 문제시하냐고 항변하는 이유다. 그런데 누가 봐도 명백한 학대행위라고 볼 수 있는 경우 말고도 부모들 가운데는 학대와 훈육 사이를 아슬아슬하게 줄타기하는 경우도 꽤 많은 것 같다. 좀 부풀려 말하면 많은 부모들이 훈육이라는 이름으로 아이들을 학대하면서도 그것을 인식하지 못하지 않나 싶다.

며칠 전 동네 식당에 점심 먹으러 갔다 본 풍경이 좀체 지워지지 않는다. 젊은 부부가 여섯 살과 세 살쯤으로 보이는 사내아이 둘을 데리고 들어와서 바로 내 식탁 옆에 앉았다. 그 식당은 주문을 받은 후에야 음식을 만들기 때문에 기다리는 시간이 비교적 길었다. 엄마와 아빠가 계속 스마트폰에 빠져 있자 큰아이가 심심한지 몸을 뒤틀기 시작했다. 그러자 엄마가 대번에 큰소리로 '이런 데 오면 얌전히 앉아 있으라고 했어, 안 했어' 하며 아이를 엄하게 다그쳤다. 아이는 움찔해서 잠깐 얌전하게 앉아 있었지만 이내 다시 몸을 뒤틀다가 물이 담긴 컵을 엎질렀다. 엄마는 '그러니까 얌전하게 앉아 있으랬지' 하며 버럭 화를 냈다. 아이도 지지 않고 심심하니까 스마트폰을 빌려 달라고 요구했고, 엄마는 아이를 노려보다가 음식 나올 때까지만이란 단서를 달고 스마트폰을 건넸다. 아이는 무슨 게임을 하는지 신이 나서 스마트폰의 자판을 눌러 댔다. 내가 놀란 건 그때까지 아빠라는 사람은 전혀 개입을 하지 않았다는 사실이었다.

드디어 음식이 나오자 엄마는 아이에게 게임 그만하고 스마트폰을 달라고 했지만 게임삼매경에 빠진 아이는 들은 척도 하지 않았다. 그러자 갑자기 엄마가 폭발했다. '넌 왜 그렇게 약속을 안 지키니. 그러니까 내가 너한테 스마트폰을 주지 않으려고 하는 거잖아. 넌 약속을 안 지켰으니 밥도 먹지 마' 하고는 아이 앞의 접시와 수저를 치워 버렸다.

사실 엄마가 틀린 말을 한 것은 아니었다. 오히려 아이한테 사람은 자신의 행동에 대한 책임을 져야 한다는 것에 대해 또박또박 분명하게 짚어 줬다는 점에서 매우 적절한 훈육이라고 볼 수도 있다. 문제는 엄마의 태도와 목소리였다. 아이를 조곤조곤 타이르는 것이 아니라 마치 무슨 큰 죄를 짓기라도 한 것처럼 온 식당이 울리도록 큰소리로 단죄하는 태도는 아무리 좋게 보려 해도 여섯 살짜리에겐 지나치게 가혹해 보였다.

평소 공공장소에서 마구 뛰어다니거나 소리를 질러 대는 아이들을 적절히 제지하지 않는 젊은 엄마들이 늘 못마땅하게 생각됐던 나였지만, 그날 그 엄마의 훈육은 어쩐지 선을 뛰어넘은 것 같아 보고 있는 내 마음이 편편치 않았다. 단순히 아이의 버릇을 바로잡으려는 게 아니라 이참에 맘속에 쌓인 불만덩어리를 한꺼번에 토해 내는 것처럼 보였다. 내가 보기에 아이는 자신이 저지른 잘못보다 훨씬 큰 벌을 받고 있는 듯했다.

더 한심한 건 아빠의 태도였다. 아빠는 밥을 먹으면서도 여전히 스마트폰에서 눈을 떼지 못했다. 아내와 아들 사이의 문제는 오불관언이었다. 휴일에 가족과 더불어 외식을 나온 그는 겉으로는 괜찮은 남편과 아빠였겠지만 실제로는 완전한 타인이었다.

그 엄마가 아이를 학대한 거라고 말할 순 없지만 분명 적절한 훈육의 선을 넘었다는 게 내 생각이다. 마음속에 무슨 화가 그렇게 쌓였는지 그 사정을 내가 어떻게 알 수 있을까마는 아이를 엄마의 감정을 받아 주는 쓰레기통으로 취급한다는 인상을 받았기 때문이다.

비록 그 식당에서뿐만 아니라 여러 곳에서 이 비슷한 장면들을 마주칠 때마다 나는 아이 키우는 많은 엄마들이 맘속에 화가 가득 차 있는 게 아닌가 하는 느낌을 받는다. 아주 어린 아이를 야단칠 때도, 아주 사소한 잘못을 나무랄 때도 기본적으로 목소리에 짜증이 깔려 있는 것처럼 들린다.

눈에 넣어도 안 아플 것처럼 예뻐하다가도 사소한 잘못에 지나치게 흥분해서 과잉대응하기 일쑤다. 심지어 아이 손을 잡고 찾은 도서관 같은 데서도 마찬가지다. 아이가 혹시 큰 소리를 내기라도 하면 엄마는 더 큰 소리로 아이를 나무란다. 공공장소에서는 다른 사람들한테 폐 끼치면 실례라는 말을 하면서 엄마가 더 큰 폐를 끼치는 셈이다. 낮고 부드럽게 말하면 얼마나 좋을까. 내가 너무 많은 것을 바라는 걸까.

엄마들도 할 말이 있을 거다. 처음부터 그렇게 강하게 나가지 않으면 아이들이 엄마를 만만하게 보고 쉽게 말을 들으려 하지 않겠지. 요즘 애들은 예전과 달리 걸핏하면 엄마를 찜 쪄 먹으려 든다니까. 참 오래전부터 귀에 익숙한 변명이다. 나 어렸을 때부터 어른들은 '매를 아끼면 아이를 버린다'고 말들 했다. 아이들은 엄하게 다스려야 어른 무서운 줄 아는 법이며 만약 말로 안 들으면 기꺼이 매를 들어야 한다고 했다. 지금도 여전히 '사랑의 매'라는 말이 통하지 않는가.

나는 '사랑의 매'라는 말만 들어도 체하는 기분이다. 훈육이란 명분으로 포장된 선의 아래 숨어 있는 섬뜩한 가학심리가 느껴지기 때문이다. 30년 전 뜻 맞는 지인들과 더불어 학부모운동을 시작했었다. 입시위주의 교육은 결국 아이들을 공부하는 기계로 만들어 가는 어른들의 학대행위에 다름없으니, 부모들이 먼저 아이들의 인간성을 회복시키도록 앞장서자는 취지였다.

첫 캠페인은 체벌금지였다. 당시만 해도 학교에선 체벌이 다반사처럼 행해지고 있었다. 나중에 알고 보니 우리 아이들도 엄청 맞고 다녔단다. 나는 부모라면 당연히 체벌금지 캠페인에 적극 동참할 줄 알았다. 착각이었다. 많은 부모들이 학교에서의 체벌을 관용할 뿐만 아니라 심지어는 권장하는 듯한 태도를 보였다. 체벌을 자주 하는 교사는 진짜 학생을 사랑하는 교사라고 강변하기까지 했다. 특히 성적이 떨어진 아이는 체벌을 해서라도 정신 차리게 해야 한다고 믿는 부모들이 적지 않았다. 당시 한 여론조사 결과에서도 체벌찬성이 체벌금지보다 더 높게 나왔을 정도였다.

아무리 나와 다른 의견도 포용할 수 있어야 성숙한 시민이라지만 이 문제에서만은 난 도저히 납득이 안 된다. 체벌은 폭력이다. 사랑한다면 어떤 경우라도 매를 들어선 안 된다고 굳게 믿기 때문이다.

지금은 학교에서 체벌이 거의 사라졌으니 다행이다. 하지만 아이를 훈육한다는 미명 아래 얼마나 다양한 학대들이 교묘하게 행해지고 있는지 알 사람은 다 안다. 그중에서도 가장 광범위하게 이루어지고 있는 학대는 하루에 열몇 시간씩 아이들을 책상에 붙들어 두는 우리의 교육현실이리라.

쌍둥이 아빠

　어느 쌍둥이 아빠가 나를 슬프게 한다. 나와 일면식도 없는 사람이다. 그런 사람이 자신의 쌍둥이 딸을 위해서 한 짓이 나를 너무 슬프게 한다.

　쌍둥이 아빠 이야기가 세상에 알려지기 바로 직전 나는 우연히 아주 가까운 사람으로부터 그 소문을 들었다. 소문을 전해 준 사람은 초등학교에 다니는 남매를 키우는 젊은 엄마였다. 소문의 내용은 강남의 어느 여자고등학교에 다니는 쌍둥이가 1학년 1학기 때 본 교내 정기고사에서는 각각 전교 59등과 121등을 했는데 2학년 1학기 시험에서는 각각 문과 이과 1등을 했다는 것이었다.

　거기까지 들었을 때 난 그럴 수도 있지 하고 심드렁하게 받아들이면서 아무튼 강남엄마들은 못 말리는구나, 어느 때나 평소에 별 볼일 없던 애들도 일단 맘 잡고 공부하면 놀라울 정도로 무서운 뒷심을 발

휘하는 법이지, 그저 공부 얘기라면 내 애와 관계없는 남의 학교 일에
도 모두들 빠삭하구나 웃어넘겼다.

그 순간 반전.

그런데요, 그 쌍둥이 아빠가 그 학교 교무부장이래요. 그래서 뭐?
아빠가 수상하대? 참 엄마들도 너무하다. 교무부장 딸이면 죽어라 열
심히 공부해서 성적을 올려도 무조건 수상하다는 말이잖아. 왜들 그
렇게 아무 근거도 없이 사람을 의심하려 들지? 그 아빠나 딸들이 얼
마나 상처를 받을지 생각도 안 하고 말이야.

솔직히 더 이상 듣고 싶지 않았다.

다른 엄마들이 꾸며 낸 소문이 아니래요. 그 학교에서 기간제교사
로 일하던 선생님으로부터 나온 이야기래요. 그리고 고교 선생님들
말로는 객관적으로 봤을 때 아무리 열심히 공부해도 그 학교 학생들
의 수준을 감안할 때 그렇게 짧은 시간에 전교 1등을 한다는 건 불가
능하답니다.

그 엄마는 진지하게 말을 이어 갔다. 난 슬며시 기분 나쁜 예감이
들기 시작했지만 그보단 믿고 싶지 않다는 마음이 더 강했다.

세상에는 가끔 불가능한 일들이 일어나는 법이야. 명색이 교사라
는 사람이 자기 딸들 성적 올리려고 시험지를 빼돌리는 그런 파렴치
한 짓을 하겠어. 양심 이전에 자존심이라는 게 있는데. 그건 막장드라
마에서나 가능한 얘기지.

그날 밤 나는 잠을 설쳤다. 나와 아무 상관 없는 이야기지만 제발

남의 말 좋아하는 사람들이 재미로 퍼뜨린 소문이기를 바랐다. 교사의 위상이 형편없이 떨어진 시대라곤 하지만, 만약 그 해괴한 소문이 사실이라면 교사에 대한 마지막 남은 신뢰의 조각조차 여지없이 구겨져 버릴 것을 생각하니 기분이 암울해졌다. 전국의 수많은 교사들은 또 어떻게 낯을 들란 말인가.

하지만 나의 바람은 여지없이 배반당했다. 며칠 후 쌍둥이 아빠에 대한 소문은 모든 매체에 기사화되었고 교육청의 감사가 진행되었다. 부녀는 처음부터 일관되게 혐의사실을 부인했지만 결국 아빠는 기소되어 재판에 넘겨졌고 딸들은 퇴학당했다.

일련의 과정을 지켜보면서 나는 문득 잊고 있던 기억이 되살아났다. 내가 아버지의 직장을 따라 시골에서 서울로 전학한 건 5학년 초였다. 전학 오자마자 치른 일제고사에서 뜻밖에도 난 전교 1등을 차지했다. 나도 놀랐고 담임선생님도 놀랐다. 내가 놀란 이유는 시골에선 한 번도 1등을 한 적이 없었기 때문이었고, 담임선생님이 놀란 이유는 내가 촌티가 뚝뚝 흐르는 차림에 말도 똑똑히 못하는 꺼벙이였기 때문이었다.

얼마 후 선생님은 내게 너네 집은 어려워 보이니 돈을 안 받고 과외팀에 넣어 주겠다고 했다. 좋은 중학교에 들어가려면 지금부터 단단히 준비를 해야 한다는 것이었다. 선생님의 호의가 마냥 기쁘기만 했던 나는 방과 후 선생님 댁에 가서 난생처음 부유한 친구들과 함께 과외공부라는 걸 받아 보았다. 과외 내용은 요즘 말로 선행학습이었다. 교실에서 배울 것을 한 주일 정도 미리 배웠다. 뭐 그런 대로 공부에 도움이 되는 것 같기도 했다.

그런데 일제고사를 앞둔 어느 날이었다. 선생님이 우리에게 모의시험을 본다면서 시험지를 나눠 주고 문제를 풀게 했다. 아무 생각 없이 문제를 풀고 답을 맞혀 보았다. 며칠 후 시험 날, 시험지를 받자마자 나는 깜짝 놀랐다. 이미 선생님 댁에서 풀어 본 문제들이 거의 그대로 나왔던 것이다.

정확히 '부정'이라는 단어를 알기 전이었음에도 난 본능적으로 '이건 아니다' 싶었다. 온몸이 떨리고 가슴이 두근거렸다. 그렇다고 선생님에게 대들 용기는 없었다. 그저 그다음 날부터 선생님 댁에 가지 않는 걸로 나의 분노를 대신 표출했을 뿐이었다. 내 행동을 선생님이 어떻게 받아들였는지는 아직도 잘 모르겠다. 아마도 공짜로 배우는 일이 미안해서 그만두었으리라 짐작했겠지.

당시 나는 선생님도 과외친구들도 도저히 이해할 수 없었다. 첫째는 그렇게 성적을 올린다고 해서 진짜 실력이 느는 건 아닐 텐데 그걸 왜 모르나 싶었고, 둘째는 그런 짓이 나머지 반 친구들을 얼마나 무시하고 업신여기는 건지 왜 모르나 싶었다. 다시 말해서 똑똑한 사람들이 왜 그런 어리석고 나쁜 짓을 저지르면서 아무렇지 않을 수 있는지 영 이해할 수 없었다.

지금 생각하면 초등학생치고 정의감이 꽤 강했던 것 같다. 그리고 그때 느꼈던 분노가 내 맘 깊숙이 가라앉아 있다가 시시때때로 이후의 내 삶에 영향을 미쳤던 것 같기도 하다. 너무 어렸을 때 형성된 부정적 인식은 사람을 삐딱하게 만들기 쉽다지 않은가. 그런데 그 경험이 모든 교사들에 대한 불신으로 이어지지 않은 걸 보면 참 신기하다.

쌍둥이 아빠에 대한 혐의는 수사결과 사실로 밝혀졌다. 학부모들의 분노는 하늘을 찌를 정도였고 아이의 나이에 상관없이 대다수의 학부모들은 우리의 교육현실에 대해서 불만과 분노를 토로했다. 분노의 대상은 쌍둥이 아빠에서 교사 전체로, 그리고 교육부로 순식간에 확대되었다. 그들은 이런 일이 비단 이번뿐이 아닐 것이라고 교사집단 전체에 대한 불신을 숨기지 않았다. 아울러 교사가 아이들의 평가에 전권을 휘두르게 만든 현 제도를 맹공하고 나아가 차라리 교사의 부정이 개입될 수 없는 수능만으로 치르는 입시제도의 부활을 요구했다. 교육정책이 아무리 좋은들 교사가 무능하고 비양심적이면 무슨 소용이 있냐는 것이다.

확실히 나이 탓인가 보다. 이번 사태를 지켜보면서 나는 분노보다 연민의 감정을 느낀다. 나쁜 사람이라고 욕하기에 앞서 어찌 저리 어리석을까라는 생각이 들어서다. 쉰을 넘었으니 인생이 무어라는 걸 조금은 알 나이가 아닌가. 인생은 뜻대로 풀리지 않는다는 것, 그리고 설사 뜻대로 풀리지 않는 인생이라도 나름 다 가치가 있다는 것쯤은 익히 알지 않는가. 가장 좋은 삶은 순리대로 사는 것이라는 사실을 알 만한 사람이 왜 그리 무리수를 두었는지 안타깝다.

직업윤리를 배반하고 양심을 팔면서까지 자식들을 1등으로 만들고 싶은 건 맹목적인 부성이 아니라 탐욕스러운 범죄일 뿐이다. 부성은 아무 데다 갖다 쓰는 싸구려 단어가 아니다. 진짜 부성이 있는 사람이라면 사랑하는 딸들에게 그런 치욕적인 왕관을 씌워 줄 생각은 생각만으로도 부끄러워서 죽어도 하지 못한다.

이번 사건에서 많은 학부모들이 적어도 겉으로는 시종일관 침착하게 혐의를 부인하고 태연하게 학교생활을 이어 간 쌍둥이 딸의 태도에 경악했다. 그 아버지에 그 딸들이라고 사람들은 손가락질했다. 하지만 난 그 딸들을 비난하기 전에 딸들을 그렇게 만든 아버지에게 묻고 싶었다. 당신은 다른 부모들처럼 딸들이 '정직하고 바른 사람'이 되기를 원한 적이 한 번이라도 있었나요? 그는 나쁜 교사이기 전에 나쁜 아버지다.

나는 이번 일로 학부모들이 교사 전체에 대한 불신을 키우지 않기를 바란다. 쌍둥이 아빠가 이전에 혹시 실력 있는 교사라는 평가를 받았을지는 몰라도, 내가 보기에 그는 교사라는 직업이 적성에 안 맞는 사람이었다. 그는 아버지로서 하지 말아야 할 일을 한 아버지이며 교사로서 하지 말아야 할 일을 한 교사다. 어느 직업에나 그 직업에 맞지 않는 사람이 들어와 직업윤리를 흐리는 사례는 늘 있어 왔다. 나는 대다수의 교사는 가르치는 일이 좋아서, 즉 교사가 적성이라서 교직을 택했다고 믿고 싶다. 쌍둥이 아빠는 딸들과 학생들과 학부모들에게만이 아니라 교사들에게도 쉽게 치유되기 어려운 상처를 입혔다. 웬만한 일에는 무덤덤한 나까지 이렇게 가슴 아프게, 슬프게 만들었다.

스카이 캐슬

아이를 서울대 의대에 보내기 위해 올인하는 부모들의 욕망을 다룬 〈스카이 캐슬〉이라는 드라마가 장안의 화제다. 방영이 예고됐을 때부터 솔직히 기분이 떨떠름했다. 제작의도가 어찌 됐든 이 드라마는 결국 수많은 부모들이 애써 억눌렀던 욕망을 새삼스레 자극할지도 모른다는 우려 때문이었다.

그리고 얼마 지나지 않아 드라마에서 가장 중요한 역할을 맡은 입시코디네이터라는 직업이 존재한다는 사실을 처음 알게 된 부모들이, 유능한 입시코디네이터와 접촉하기 위해 부랴부랴 유명한 학원이 밀집한 동네에 진을 치고 정보를 수집한다는 소문도 들려왔다. 뒤이어는 정부에서 인터넷을 뒤져 입시코디네이터를 색출하기로 했다는 믿기 어려운 뉴스도 등장했다.

평소 상류 0.1퍼센트와는 별로 교류가 없는 데다 학원가 소식엔 귀가 어두웠기 때문에 도대체 입시코디네이터라는 요상한 직업이 정확히 언제 데뷔했는진 모르겠으나, 내가 그 비슷한 일을 업으로 삼는 엄마들이 있다는 이야기를 처음 들은 것은 꽤 오래전이었다. 아이를 초등학교에 보내고 있는, 학원가 소식에 밝은 한 젊은 엄마로부터였다. 그 엄마는 우연히 친구를 따라 대치동 학원가에 놀러 갔다가 한 입시학원에서 주선한 입시컨설턴트의 강의를 들을 기회가 있었다고 했다.

학원가에서 아무개 엄마라면 모르는 이가 없을 정도로 소문이 자자한 그 여성은 최근에 두 자녀를 연이어 명문대학에 보낸 경력이 있는 엄마란다. 그는 자신이 어떻게 평범했던 아이들을 체계적으로 조련시켜 스카이입성이라는 기적을 만들어 낼 수 있었는지 그 모든 과정을 세세하고 박진감 있게 풀어놓아 그 자리에 모인 엄마들을 사로잡았단다. 마치 한 편의 스릴만점 영웅담을 듣는 기분이었단다. 동시에 난 너무 무심하고 나태한 엄마였구나 하는 자책감이 저절로 일더란다.

나는 처음엔 그 엄마가 자신의 엄마경력을 살려서 새로운 직업을 개척한 셈이니 어쩌면 꽤 창의적이며 진취적인 여성이겠구나 하고 짐작했다. 하긴 나 같은 엄마도 아무 한 일도 없으면서 단지 아이들이 명문대에 들어갔다는 이유만으로 하루아침에 훌륭한 엄마라는 타이틀을 얻더니 내친김에 아이들 자란 이야기를 엮어 책도 쓰고 강연까지 하고 다니지 않는가. 자신의 삶을 스토리로 만들어서 팔아먹는다는 점에서 그 엄마에게 동류의식까지 느꼈다.

　더욱이 요즘은 예전과 달리 입시제도가 엄청나게 복잡해져서 자녀교육에 열성인 엄마들도 최선의 전략을 찾는 데 어려움을 겪기 일쑤라니, 이참에 선배엄마로서 후배엄마에게 시행착오를 줄이도록 도와주는 것도 시대에 꼭 맞는 봉사활동의 하나가 아니겠냐고 나름대로 넘겨짚었다.

　그런데, 그 입시컨설턴트 엄마가 강의 첫머리에 했다는 말을 전해 들은 순간 난 귀를 의심했다. "만약 여러분의 자녀를 스카이에 보내고 싶다면 지금 이 시각부터 '창의성'과 '사회성'이라는 두 개의 단어는 깨끗이 잊어버리세요"라니.

　미래의 인재는 지성보다 인성이요, 단순한 지식암기가 아닌 창의성과 사회성을 키워 주어야 하느니 어쩌니 하는 말에 현혹됐다가는 당신 아이들을 절대 명문대학에 보낼 수 없으니 각오하라는 것이었다. 쓸데없는 말에 귀 기울이지 말고 여태까지 해 오던 대로 철저한 주입식으로 암기력을 극대화시키는 것만이 최선의 전략이라고 거듭 강조했단다. 창의성이나 사회성 같은 건 일단 대학에 들어간 다음의 일이라는 것이다.

　나는 그 자리에 모인 엄마들 중에서 그 말을 듣고 자리를 박차고 나가거나 적어도 반론을 제기한 엄마는 없었는지 궁금했지만 물어보지 않았다. 만약 교육철학이 다른 엄마라면 애초부터 그런 자리에 참석할 의지도 없었을 테니까. 엄마들은 홀린 듯 열광적으로 손뼉을 쳤

부모들은 세상이 바뀌면 교육을 바꾸겠으니
먼저 세상부터 바꿔 보라는 식이다.
승자가 독식하는 사회를 겪으면서,
내 아이를 더 독하게 만들어야 다른 아이들을
짓밟고 살아남을 수 있다는 강박관념에
사로잡힌 것 같다.

고 일부는 개인상담을 받기 위해 그 엄마의 스케줄을 확인하느라 난리였단다. 개인상담을 받으려면 시간당 엄청난 사례금을 지불해야 함에도 불구하고.

수요가 있으니 공급이 있고 거꾸로 공급이 있으니 수요가 있다. 입시컨설턴트는 복잡한 입시체제, 학원의 마케팅 그리고 부모의 불안과 욕망이 맞물려 탄생시킨 직업이다. 예전부터 있어 왔던 학원의 진로상담교사보다 훨씬 긴밀하게 부모와 연락을 주고받으면서, 부모의 요구에 맞춰 아이의 공부방법을 지도하고 공부스케줄을 짜 주는 직업이므로 아무래도 남성보다는 여성에게 더 적합한 것 같다. 본인이 과거에 명문대를 다녔건 대학을 가지 않았건 별 상관이 없다. 오로지 물샐 틈 없는 전략으로 자신의 자녀들을 명문대에 보냈다는 경력만으로 입시컨설턴트 엄마들의 수입은 천정부지로 올라간다고 한다.

물론 입시컨설턴트라는 직업이 무조건 나쁘다는 말이 아니다. 다만 그가 절박한 엄마들을 고객으로 영입하기 위해 구사하는 마케팅 기법이 너무 한쪽으로 쏠린 것 같다는 말이다. 아무리 학원에 고용된 입장이라곤 하나 부모의 불안감과 욕망에 편승해서 고액의 사교육을 권하지만 말고, 같은 엄마로서 그들의 심정을 이해하고 그들의 아이들에게 맞는 다양한 방법들을 함께 모색해 나가자고 권했다면 얼마나 좋았을까.

왜 애먼 입시컨설턴트에게 그런 과도한 요구를 하냐고? 그도 주어진 환경에서 최선을 다해서 엄마노릇을 한 여성이고, 마침내 자녀들을 명문대학에 보낸 성공한 엄마로서 솔직하게 자신의 노하우를 후배엄마들에게 전수하고 있을 뿐인데. 그 대가로 적지 않은 수입도 올리고.

물론 명문과 일류만을 추구하는 교육현실과 사회구조는 너무나 견고하다. 우리 교육은 아이들을 바르고 정직하게 키운다는 목표를 잊은 채 아이들을 극도의 경쟁사회로 몰아넣음으로써 사람이 아니라 괴물로 키워 내려고 발버둥을 치는 것 같지 않은가. 부모들은 국가를 탓하고 국가는 부모들을 탓하는 가운데 우리 교육현실은 지옥이 되어 가고 있지 않은가.

벌써 오래전부터 한편에서는 교육이 바뀌어야 사회가 바뀐다고 부르짖는 목소리가 드높았지만 대답 없는 메아리 신세다. 여전히 부모들은 세상이 바뀌면 교육을 바꾸겠으니 먼저 세상부터 바꿔 보라는 식이다. 공연히 세상이 바뀌기 전에 교육을 바꿨다간 내 아이만 뒤처질 거라는 부모들의 불안은 좀처럼 줄어들지 않는다. 아니 IMF위기 후 경쟁은 더 치열해지고 승자가 독식하는 사회를 겪으면서, 부모들은 내 아이를 더 독하게 만들어야 다른 아이들을 짓밟고 살아남을 수 있다는 강박관념에 사로잡힌 것 같다.

교육현실이 이미 지옥인데 일개 입시컨설턴트가 무슨 힘이 있어서 교육을 바꿀 수 있겠느냐고? 바랄 걸 바라야지 괜히 엉뚱한 사람한테 화를 내면 쓰냐고? 나도 안다. 30년 전부터 교육운동을 했다면서 도대체 그동안 뭘 바꿨느냐고 하면 아무 할 말이 없는 내가 바라는 건 그에게 교육혁신의 선봉이 되라고 주문하는 게 아니다. 다만 조금 일찍 아이를 키운 엄마로서, 우리 교육의 지옥 같은 현실을 미리 체험한 선배로서, 투사는 되지 않아도 좋으니 현실을 악화시키는 데 최소한 공범자가 되지는 말았으면 좋겠다는 지극히 소박한 바람일 뿐이다.

엄마들의 불안과 집착을 이용해서 아이들을 무조건 고액학원으로 끌어들이는 바람잡이 역할이 아니라, 엄마들의 불안을 다독이면서 무리한 욕심 대신 아이들을 적성에 맞는 대학으로 진학시키도록 안내하는 친절한 가이드 역할을 했으면 얼마나 좋을까 하는, 어찌 보면 꿈같은 소망에서 나온 말이다. 물론 드라마의 입시코디네이터가 저지른 상상을 뛰어넘는 악행들에 비교하면 현실에서 그들이 하는 일은 지극히 평범한 수준이긴 하지만.

그나마 인터넷에서 드라마에 관한 기사에 달린 댓글을 검색하다가 작은 희망을 발견할 수 있었던 건 다행이다. '드라마를 자극적이라고 하는데 현실은 더 심하다' 같은 절망적인 댓글도 적지 않았지만, 드라마에 나온 고소득 전문직의 끝없는 욕망에 대해 냉소적으로 보는 글이 적지 않았다. '그렇게 키워 봤자 괴물밖에 더 만드느냐, 인성이 결여된 최고 엘리트들이 지금 우리 사회를 망치고 있다', '그들만의 리그일 뿐 나는 내 길을 가련다' 등등 비판적인 댓글이 많았다.

모든 것을 가졌다고 생각하는 자들이 그 가진 것을 유지하기 위해서, 아니면 더 갖기 위해서 자식들의 일류대 입학에 광적으로 집착하는 모습에 대해서 많은 사람들이 측은하게 여기는 것 같은 인상을 받았다.

어쩌면 세상은 보이는 것보다 더 건강한지도 모르겠다. 그렇게 필사적으로 자식을 일류대에 보낸다고 해서 행복이 저절로 따라오는 건 아니라고 믿는 사람들이 생각보다 많은 것 같아 뜬금없이 댓글에서 위로를 받는다. 드라마의 취지도 바로 그거였겠지.

고3엄마는 허망하다

평소 다른 수험생 엄마들보다 한결 의연해 보였던 그 워킹맘도 재수생 딸이 이번 수능을 치른 후 급작스러운 멘붕에 빠졌던 것 같다. 수능이 예년보다 너무 어렵게 출제되어 예상점수보다 훨씬 낮게 나왔기 때문에 일단 논술에 집중해야 한다며 오래전에 약속을 잡았던 나의 지방강연에 동행하기 어렵다고 양해를 구했다. 그는 우리가 함께 가기로 했던 도시에서 태어나 자란 사람이다.

도대체 대학입시가 뭐길래 저렇게 차분한 엄마까지 혼란에 빠뜨리고 이제까지 크게 신경 쓰지 않았던 딸의 입시전략에 머리를 쥐어짜게 만드는 걸까. 나 혼자 초행길을 떠나야 한다는 부담 때문이 아니라 자녀의 입시전쟁에 평범한 부모들까지 끌려 들어가 허우적대게 만드는 우리의 입시풍토에 한숨이 나왔다. 하긴 요즘 인기를 끌고 있는 한 TV프로그램 출연자인 정치인 출신 유명작가도 고3아들의 입시만 끝나면 마음 놓고 여행을 갈 수 있다며 은연중에 고3아빠의 스트레스를 비쳐서 나를 살짝 놀라게 한 바 있다. 나 젊을 적엔 전적으로 엄마들이 담당했던 입시라는 전쟁을 이젠 저렇게 바쁜 아빠들도 함께 참전 내지는 관전하는구나 싶으니 새삼 놀라웠다.

20여 년 전에 출간된 내 책에는 내가 고3이 된 막내아들을 두고 중국 옌볜에서 1년을 지내고 돌아왔다는 이야기가 쓰여 있다. 나의 자유방임교육에 대해서 설마 말처럼 저렇게 쿨하진 않겠지, 그래도 대한민국 엄마라면 최소한 아이들 입시에는 기본적인 신경을 썼겠지 하며 약간은 긴가민가했던 사람들도 그 대목을 읽고서는 할 말을 잃었다고 했다. 본의 아니게 그야말로 해도 해도 너무한 엄마라는 인증을 받은 셈이다.

재미있는 건 어쩐 셈인지 20여 년 전보다 그 후로 해가 갈수록 엄마들이 그 사실에 대해 점점 더 기가 막힌다는 반응을 보인다는 점이다. 아무리 아이들은 믿는 만큼 자라는 법이고 공부는 자기가 혼자 하는 것이라고는 하지만 그래도 그렇지 고3엄마가 무슨 배짱으로 아이를 놔두고 외국행을 택할 수가 있었으며, 또 고3아들은 어떻게 혼자 힘으로 지망할 대학을 정하고 그에 대비한 공부를 할 수 있었냐고. 도대체 이해를 할 수 없다고 나한테 마치 따지듯 묻는 엄마들도 적지 않았다. 그러곤 내 답변 아니 변명을 채 듣기도 전에 '아, 20년 전이니까 그럴 수도 있었겠다. 그때만 해도 입시제도도 단순하고 대학 가기도 쉬웠으니까. 지금 같으면 어림도 없다'며 나름대로 답을 내놓는다.

그들 말로는 20년 전만 해도 천국이었단다. 지금보다 입시경쟁도 덜 치열한 데다 전형방식도 간단명료했기 때문에 대학을 선택하는 데 고도의 눈치작전이 별로 필요 없었을 거라는 것이다. 그냥 학력고사나 수학능력시험에서 얻은 점수에 따라 합격 가능한 대학이 주르륵 나열되었기 때문이다.

하지만 그 이후 전형방식이 해마다 바뀌어 정보에 빠삭하다는 극성 엄마들도 혼자 해 보려다 결국 두 손 들고 입시컨설턴트에게 의지하지 않으면 십중팔구 낭패를 본다는 것이었다. 평소 성적이 비슷해도 전략에 따라 누구는 합격, 누구는 불합격으로 갈리는 경우가 비일비재하기 때문이다. 심지어 내 아이보다 내신등급이 낮은 아이가 더 좋다는 대학에 들어가는 경우도 적지 않다니 아무리 날고뛴다는 엄마들도 전전긍긍 속수무책이라는 것이다. 공부는 학원강사에게, 입시는 입시컨설턴트에게 맡기는 게 최선책이란다.

요즘 고3엄마들의 이야기를 듣고 있다 보면 나는 속으로 '아유, 한 20년 먼저 태어나길 천만다행이지 요즘 같았으면 우리 아이들이 대학 문턱을 어찌 넘어갔을 것이며, 나 또한 감히 혼자 외국에 나갈 생각이나 했겠어'라는 생각에 가슴을 쓸어내리게 된다. 때로는 내가 20년만 늦게 태어났다면 얼마나 좋았을까 하고 아무 쓸모없는 회한에 빠지곤 했었는데, 고3엄마들을 만날 때마다 그들보다 20년 먼저 태어난 나의 행운이 그저 고맙기만 하다. 하긴 20년 더 늦게 태어났다면 결혼을 안 했을 확률이 높았을 테니 입시를 걱정할 아이들도 없었겠지만.

하지만 20년 늦게 태어난 엄마들을 괴롭히는 문제는 아이가 당장 입시에 성공하느냐 실패하느냐에 그치는 것도 아니다. 입시에 성공한다고 해도 20년 전처럼 그것이 인생의 탄탄대로에 들어섰다는 보증서가 되지 못한다는 사실을 너무나 잘 알고 있기 때문에 고3엄마들은 보상 없는 노력을 해 온 자신의 처지에 허망해한다.

'이렇게 입시에 목숨 걸어 봤자 모두 부질없는 짓이잖아요.'

마지막 전투를 앞에 둔 고3엄마의 탄식에 가슴이 찌르르해 온다. 맞는 말이다. 20년 전 고3엄마들은 자신들의 노력 또는 헌신에 그래도 자부심을 가질 수 있었다. 밤늦게까지 공부하는 자녀를 위해 아침마다 도시락을 두 개씩 싸 주고, 운전면허를 따서 자동차로 통학과 통원을 전담하고, 밤늦게 공부하는 아이 옆에서 뜨개질을 하면서도 일단 좋은 대학에만 보내면 그다음은 꽃길이 펼쳐질 거라고 믿었기 때문이다.

세상사나 인생사나 다 한 치 앞을 내다볼 수 없는 것이기에 20년 전 고3엄마들의 장밋빛 전망은 얼마 지나지 않아 IMF 금융위기라는 복병을 만나 참혹하게 깨졌지만, 아무튼 당시에는 미래가 불확실하게 느껴지기 시작했으되 아이들을 대학에 보내려고 모든 힘을 쏟아붓는 자신들의 노력 자체가 부질없다는 생각을 한 것은 아니었다.

그러나 지금은 모든 것이 달라졌다. 아무리 좋은 대학을 나와도 좋

한창 호기심 많고
에너지 충만하고 두뇌가 활발하게 움직일 때
비좁은 공간, 딱딱한 의자에 앉아서 비슷한 문제들을
외우고 풀고, 또 외우고 풀고 하는 대신
낯선 곳에서 낯선 풍광, 낯선 사람들을 만났다면
어땠을까.

은 일자리를 얻기란 하늘의 별따기에다, 요행히 좋은 직장을 잡았다 해도 실업의 위험이 상존하는 시대다. 게다가 좋은 일자리는 앞으로도 쉬이 늘어날 가망이 없다고 한다. 웬만한 일은 거의 로봇에게 빼앗기고 결국 인공지능이 못 하는 영역의 일을 찾아야 하는데, 그러기 위해선 자신만의 비장의 무기를 갖추어야 하고 무엇보다 창의력이 뛰어나야 한다고들 한다. 그 누구도 대체할 수 없는 남다른 재능이 없다면 언제든지 일터에서 밀려날 위험이 도사리고 있는 세상으로 내 아이를 보내야 하는 미래를 목전에 두고 있다.

물론 이제까지 그런 비관적 전망들에 눈과 귀를 닫고 살았던 건 아니었다. 다만 딱히 손에 잡히는 비전이 없었기 때문에 그냥 조금 앞서간 엄마들이 했던 대로, 그저 남들이 가는 대로 따라서 오로지 성적 올리기에 올인했던 것뿐이었다. 아무리 깜깜한 길도 여럿이 함께 걷다 보면 두려움이 훨씬 줄어드는 법이니까. 비록 잘못 들어선 길일지라도 나만 그런 게 아니니까. 어차피 내 주제에 새로운 길을 개척할 배짱은 없으니까.

그러나 이제 입시전쟁의 마지막 전선에서 고3엄마는 불현듯 이제까지의 모든 노력들이 부질없게 느껴진다. 이렇게 해서 고만고만한 대학, 적당한 학과를 나온들 무슨 소용이 있을까, 차라리 그동안 억지춘향으로 사교육에 쏟아부었던 그 많은 돈으로 아이에게 해외여행이나 맘껏 시켜 주었다면 훨씬 낫지 않았을까. 한창 호기심 많고 에너지 충만하고 두뇌가 활발하게 움직일 때 비좁은 공간, 딱딱한 의자에 앉아서 비슷한 문제들을 외우고 풀고, 또 외우고 풀고 하는 대신 낯선 곳에서 낯선 풍광, 낯선 사람들을 만났다면 어땠을까. 혹시 어느 순간 섬광 같은 아이디어가 번쩍 떠올라 자기만의 길을 찾아가는 멋진 지도를 머릿속에 그려 오지 않았을까.

그러니 이제라도 마음을 비우고 대학의 서열 따위에 신경 쓰지 말자. 그저 아이가 하고 싶은 일과 가장 근접한 학과에 들어가는 것을 목표로 삼자. 그래서 그다음은 온전히 아이의 선택에 맡기자. 아이와 더 이상 신경전 벌이지 말고. 아이가 어떤 지도를 그려 갈지 관심을 갖고 지켜보기나 하자.

고3엄마도 갈 길이 멀다. 이제부턴 앞에 남은 길고 긴 인생을 어떻게 채워 갈지 궁리해야지.

Chapter 7

부모노릇에도 창의력이 필요하다

괜찮아, 잘하고 있어요

- 공동육아 고별강연

안녕하세요? 전 그동안 공동육아에서 공동대표를 4년, 이사장을 10년이나 했어요. 그렇다고 무슨 대단한 일을 한 건 아니고 공동육아를 사랑하는 마음에 그냥 함께 있었고, 혹시 뭐 날 필요로 하는 일이 있나 슬슬 눈치나 보며 지냈지요.

사실 전 자녀교육, 부모교육 강연을 30년 동안 줄기차게 하고 다닌 사람이에요. 숫자로 치면 아마 총 3천 회 정도, 한 번에 보통 2,3백 명, 많을 땐 천 명 정도의 3, 40대 부모들을 만나고 다녔는데 정작 공동육아 부모들은 특수한 경우를 빼곤 만난 적이 거의 없어요.

왜냐하면 공동육아 부모들에게는 구태여 제가 말할 필요가 없기 때문이지요. 여러분들 생각하고 제 생각하고 똑같으니까요. 저는 아이를 이렇게 키웠습니다 하고 보고해 봤자 아마 여러분은 다 웃으실 거예요. 우린 이미 그렇게 키우고 있는데, 하나 마나 한 이야기 아니냐, 좀 특별한 이야기는 없냐고 할 텐데 내가 왜 쓸데없는 짓을 하겠어요?

다른 데 가서 이야기하면 제가 하는 얘기가 너무 신기한지 '아니, 대한민국에서 그렇게 애 키워도 됩니까? 그건 옛날에나 해당되는 이야기예요' 하거나 '선생님은 현실을 너무 모르세요, 선생님 말씀대로 애를 키웠다가는 큰일 납니다' 그래요.

그러면서도 지금 자신이 애 키우는 게 아니다 싶으니까 저를 불러다 한번 이야기를 듣고 싶은 거예요. 그분들은 어쩌면 판타지를 꿈꾸는 게 아닐까 해요. 나는 직접 그렇게는 못 하지만 대한민국에서 저렇게 아이 키우는 사람이 있긴 있구나 하면서 무언가 대리충족을 하는 거죠.

제 이야기를 다 듣고 나서는 주저 없이 '저건 별개야, 특별난 사람이나 하는 거지 우리 같은 보통사람은 저렇게 할 수 없어' 하고 포기하는 거예요. 물론 가끔, 아주 가끔은 제 이야기에 격하게 공감하는 부모들도 있긴 하지만요. '저도 그렇게 키우고 있어요, 저 혼자만 그런 게 아니라는 걸 확인하니 힘이 나요' 하며 동지를 만난 듯 반가워합니다. 네, 아주 소수죠.

오늘 공동육아를 떠나면서 여러분에게 할 이야기는 별 게 아니라 그저 여러분과 내가 아이 키우는 생각과 방법은 하나도 다를 것이 없다는 그런 얘기예요. 그러니까 무슨 대단한 말이 나올까 기대하지 마시고 '내가 할 이야기를 저 할머니가 대신 해 주는구나'라고 생각하면서, 자신의 생각을 다시 한 번 정리하는 자리라고 여기길 바랍니다.

그리고 우리가 얼마나 잘 살고 있는가, 얼마나 괜찮은 부모인가에 대해서 자신감과 충족감을 잔뜩 안고 돌아가기 바랍니다. 그러니까 위안도 아니고 격려도 아니고 그냥 오랜만에 우리 스스로 자백하는 그런 시간이라고 생각하세요.

저는 이제까지 많은 부모들에게 강연하면서 아이를 이렇게 키워라, 저렇게 키워라 하고 말하지 않았어요. 전 단 한 사람, 제 남편을 빼곤 남한테 이래라저래라 한 적이 거의 없어요. 왜냐하면 저 스스로가 한심하기 짝이 없는 사람인데, 제가 이제까지 쌓아 온 요만한 경험과 요만한 지식을 가지고 누구한테 이래라저래라 하겠어요.

그래서 아이들을 키울 때도 잔소리를 한 적이 별로 없어요. 재밌는 건 제가 잔소리를 했던 유일한 사람도 제 말대로 한 적이 없어요. 그러니까 결국 남한테 이래라저래라 해 봤자 소용이 없다는 얘기죠. 그래서 강연할 때도 저는 그저 '저는 이렇게 아이를 키웠습니다' 또는 '제가 관여하는 공동육아에서는 아이를 이렇게 키우고 있습니다', '여러분도 한번 참고해 보세요, 결국 선택은 여러분 몫입니다'라고 할 뿐입니다.

제가 오늘 할 이야기는 세 가지예요.

첫 번째는 내가 아이들을 어떤 존재로 보느냐 하는 거죠. 첫애를 낳았을 때부터 지금까지 제가 아이들을 대하는 가장 기본적인 자세는 '너희들이 나한테 손님으로 와 줘서 너무 고맙다'라는 거예요. 이 지구상에 사는 수많은 부모들 가운데서 바로 나에게, 이처럼 못나고, 변덕이 죽 끓듯 하고, 욕심 많고, 심술 많고, 그러면서 잘난 척하고, 게으른 그런 엄마한테 와 주어서 너무 고맙다고. 미안하고 고맙다고. 처음부터 그렇게 생각하니까 아이들 하는 짓 하나하나가 고맙기만 한 거예요. 울어도 고맙고, 아파도 고맙고, 나으면 더 고맙고, 학교에서 받아쓰기 40점을 받아 와도 고맙고…. 이래도 고맙고 저래도 고마운 애들이니까 애들만 봐도 흐뭇해서 세상이 말하는 이렇게 키우고 저렇게 키우고 하는 데 휩쓸리지 않았어요.

하지만 아이한테 엎어지지 않으려고 애는 썼어요. 너무 고맙고 예쁘다 보면 애가 너무 사랑스러워 엎어지기 쉽거든요. 그래서 아이들을 내 새끼가 아니라 우연히 나한테 온 고마운 손님으로 대하려고 노력했어요. 손님으로 봐야 쓸데없는 간섭을 안 하게 되니까요.

저는 아이들이 나름의 완성된 어떤 미래를 자기 안에 갖고 태어난다고 보고, 아이들이 크는 과정은 그것이 바깥으로 어떻게 드러나는가 하는 것 이외에는 아무것도 아니라고 생각해요. 즉 아이는 키워지는 존재가 아니라 스스로 크는 존재라고 굳게 믿습니다. 부모가 할 일은 생각보다 훨씬 작지 않나요? 여러분도 그렇게 생각하죠? 그렇게 생각하지 않는 분이라면 아이를 공동육아에 보내지 않았을 겁니다.

두 번째로, 나는 어떤 부모로 살 것인가에 대해 이야기할까요? 제 생각에는 많은 부모들이 자신이 좋은 부모가 못 될까 봐 너무 걱정하

지금까지 제가 아이들을 대하는 가장 기본적인 자세는
'너희들이 나한테 손님으로 와 줘서 너무 고맙다'라는 거예요.
이 지구상에 사는 수많은 부모들 가운데서 바로 나에게,
이처럼 못나고, 변덕이 죽 끓듯 하고, 욕심 많고, 심술 많고,
그러면서 잘난 척하고, 게으른 그런 엄마한테 와 주어서
너무 고맙다고.

는 것 같아요. 제가 볼 때 여러분은 이미 충분히 좋은 부모인데도 때때로 내가 과연 좋은 부모인가 돌아보며 흔들릴 때가 많잖아요. 왜냐하면 참으로 오랫동안 대한민국에선 아이를 좋은 학교에 보내지 못하면 좋은 부모가 아닌 거예요. 아이를 공부 잘 시켜서 좋은 학교 보내는 부모가 가장 좋은 부모라는 그 강박관념에 온 부모들이 사로잡혀 있는 거죠.

여러분 중에서도 어린이집에 다닐 때는 꿋꿋하다가 아이가 학교에 들어갈 즈음이면 그동안 아이를 너무 놀리기만 한 게 아닌가 새삼 불안해하는 분들이 꽤 있다는 이야기를 들었어요. 초등학교부터 다른 아이들과 학력차이가 너무 크게 나면 나중에 아무리 노력해도 만회하기가 불가능할지도 모른다는 생각에 갑자기 초조해지는 거죠. 어이쿠, 내가 잘못 생각했던 게 아닐까, 자신감이 팍 죽는 거죠.

그런데 잘못 생각한 게 아니라 정말 잘 생각한 거예요. 왜냐하면 시대가 엄청나게 바뀌는 중이거든요. 사실 학력지상주의는 그동안 유효했어요. 몇십 년의 고도 압축성장을 거치면서 얼마나 좋은 인력을 많이 확보하느냐가 기업의 경쟁력이었으니까요. 한 해에 출생하는 백만 명을 한 줄로 세워서 일 등부터 백만 등까지 쫙 늘어놓고 앞에서부터 인력을 뽑아 가던 시대였으니까요. 하지만 그런 시대는 가 버렸어요. 이제는 저성장시대, 인공지능시대로 들어가는 중이에요. 이런 시대는 학력이 아니라 다른 역량을 요구하는데, 그건 바로 이제까지 여러분이 아이들에게 키워 준 것들이에요. 여러분은 아이들을 자유롭게 놀게 함으로써 상상력과 창의력을, 함께 공동체 놀이를 함으로써 공감력과 협업력, 그리고 문제해결능력을 키워 준 겁니다.

모두가 한쪽으로 휩쓸리는 그 판에서 용기 있게 다른 쪽을 선택한 거죠. 아이를 일 등 만들려고 애쓰지 않고 정말 아이를 어떻게 키우는 게 좋은가 고민하면서, 놀이를 통해서 이웃을 통해서 서로 협력하고 상생하는, 인간뿐만 아니라 자연과 공존하는 그런 세상을 만들자는 목표하에 아이들을 키웠거든요.

여러분은 아이들이 행복한 세상을 위해서 소신껏 키웠을 뿐인데 결과적으로 미래사회에 맞는 교육을 한 셈입니다. 그래서 사람들이 제일 꼴찌가 첫째가 된다고 하나 봐요.

마지막으로 여러분은 공동육아를 통해서 백세시대를 함께 살아갈 좋은 인간관계를 만들었다는 점에서 참으로 행운아들이에요. 노년엔 건강도 중요하고 돈도 중요하지만 그 못지않게 중요한 게 사회관계, 인간관계예요. 제 아들 중의 한 명도 공동육아를 해서 잘 아는데 공동육아 끝난 지가 언젠데 그때 함께한 부모들끼리 지금도 무슨 동아리처럼 잘 뭉치더군요. 툭하면 모여서 함께 놀고 함께 먹고 함께 여행 다니고. 아마도 세상을 보는 눈이 같은 사람들이라 그런가 봅니다. 혈연도 학연도 지연도 없는 사람들끼리 부모가 된 후 만나서 인생친구가 된다는 일은 좀처럼 드문 일이죠.

더 좋은 일이 또 있어요. 뭐냐 하면 공동육아에는 아빠엄마가 동등하게 참여하잖아요. 독박육아라는 말은 아예 있을 수 없잖아요. 함께 육아를 하면서 부부 간에 평등한 관계, 동반자적 관계가 형성되는 거거든요. 그런 의미에서 여러분은 이미 노후준비를 든든하게 해 놓으신 겁니다.

여러분은 정말 괜찮은 부모이고, 괜찮은 부부이며, 괜찮은 시민입니다. 참 잘하셨어요. 고맙습니다.

엄마의 불안감을 잠재우는 가장 확실한 방법

　우리 아이들은 스스로 자랐다. 세 아이 모두 명문대 들여보낸 엄마라고 나를 무슨 대단한 엄마인 양 치켜세우는데 그건 오해다. 내가 들여보낸 것이 아니라 아이들이 제 발로 들어갔을 뿐이다.

　---라고 말하면 얼마나 재수 없게 들릴지, 얼마나 많은 엄마들을 좌절시킬지 너무나 잘 알고 있지만 그렇다고 해서 하지도 않은 '공부 뒷바라지'를 이 정도는 했소라고 거짓말을 할 순 없잖은가. 혹시라도 아이들 귀에 들어가면 어머니가 나이 들더니 이젠 공상 드라마까지 쓴다고 빈정거릴 게 뻔한데.

　내가 아무리 손사래를 쳐도 어떤 엄마들은 내가 아이들이 잘 자라도록 큰 기여를 한 것이 있다고 나를 치켜 준다. 그것은 바로 공부하라는 잔소리를 안 한 거란다. 공부하라는 잔소리를 단 한 번도 하지

않았기 때문에 아이들에게 일찍부터 '내 인생 내가 챙기지 않으면 큰일 나겠구나'라는 경각심을 심어 주었으니 이보다 더 큰 기여가 어디 있겠느냐는 거다. 아무튼 나도 아이들에게 무언가 기여한 게 있다고 하니 듣기에 나쁘지 않다.

많은 엄마들이 살면서 산전수전 겪다 보니 웬만한 일들은 넘겨 버릴 수 있는 내공이 생겼지만 단 하나, 놀고 있는 아이들에게 공부하란 말을 하지 않기란 보통 어려운 일이 아니라고 입을 모은다. 어떤 엄마는 아이가 두 시간까지 노는 건 어떻게라도 참아 줄 수 있겠는데 세 시간이 다 되도록 노는 꼴은 도저히 못 보겠단다. 저러다 밤새 놀지도 모르겠다는 불안한 예감이 엄습하는 순간 애써 눌러 두었던 잔소리가 자신도 모르게 화산처럼 폭발하기 일쑤란다.

그러곤 얼른 스스로를 합리화시킨다. 우리 아이들은 누구네 집 아이들처럼 알아서 공부하는 타입이 아니고 엄마한테 공부하란 소리를 안 들으면 절대로 안 하는 아이들이니 내 잔소리가 꼭 있어야 한다고. 그래도 아쉬운지 그들은 내게 묻는다. 도대체 어떻게 놀기만 하는 아이들에게 공부하라는 말을 안 하고 견딜 수 있었는지, 그 내공은 어디서 오는지를.

내공이 있어서 잔소리를 안 했던 게 아니다. 잔소리를 하지 않은 이유는 첫째, 공부는 스스로 해야 잘할 수 있다는 오래되고 간단한 상식을 굳게 믿었기 때문이고 둘째, 나 공부하기도 바빠 아이들 공부까지 관심을 둘 여유가 없었기 때문이다.

내가 늦은 나이에 다시 공부를 시작하겠다고 했을 때 주위에서는 대놓고 비웃었다. 이제부터 본격적으로 아이들 공부 뒷바라지를 해야 할 중요한 시기에 엄마가 딴생각을 품다니 엄마의 본분을 버리겠다는 말이냐고. 아이들은 기초를 다져야 할 때 시기를 놓치면 미래가 삐걱거리지만, 엄마는 그 나이에 공부를 해도 되고 안 해도 되는 거 아니냐고.

만약 내가 좀 더 젊은 나이에 그런 말을 들었다면 생각을 바꿨을지도 모른다. 그러나 마흔 즈음이라는 나이는 사춘기 이후 다시 한 번 자신의 자아에 눈을 뜨는 때가 아닌가. 자신의 눈으로 세상을 보려는 강한 욕구가 생길 때가 아닌가. 이제부터는 남의 눈, 남의 말에 좌우되지 않고 내 생각을 믿고 내 길을 만들어 나가고 싶은 때다.

정작 공부를 시작하니 생각보다 너무 힘들었다. 시간도 부족했지만 그보다 이해력과 집중력이 바닥이라는 게 제일 큰 문제였다. 십 년 동안 그저 살림과 육아만 하며 지냈더니 예상했던 것보다 훨씬 더 머리가 돌아가지 않았다. 왕년에 공부를 좀 했다는 게 은근히 효력을 발휘할 줄 내심 기대했었는데 어림없는 착각이었다.

평생 처음으로 거의 밤을 새우다시피 책을 읽어도 아침이면 머릿속이 말갛게 지워졌다. 당시만 해도 교재는 대부분 영어로 쓰인 것들이었다. 바로 앞 페이지에서 찾은 단어가 다음 페이지에 나오면 처음 본 단어처럼 생소해서 다시 찾아야 하는 일이 다반사였다. 예전에 대학 다닐 때 과외알바로 가르치던 아이들이 꽤 열심히 하는 것 같은데도 생각만큼 성적이 안 올라서 참 이해가 되지 않았었는데 내가 그 입장이 되어 보니 그들의 마음을 알 것 같았다. 나름 열심히 한다고 했는데 정작 시험지만 앞에 놓으면 머릿속이 하얘지는 그 아득한 심정을.

나는 진로선택을 잘못 했나 싶어 후회스러웠다. 그렇다고 초장에 그만두자니 몇 년 동안이나 생활비를 아껴 모아서 겨우 마련했던 등록금이 너무 아까웠다. 어떻게 해서든 한 학기만 버텨 보자는 생각으로 다시 책을 펼치곤 했다.

세상일은 알 수가 없다. 그러는 동안 뜻하지 않았던 효과가 나타나기 시작했다. 밥과 빨래를 속전속결로 해치우고 아이들이야 무슨 짓을 하든 눈길도 안 주고 나 혼자 책상에 앉아서 책을 보고 있으면, 정신없이 놀고 있는 것 같던 아이들이 어느새 슬금슬금 내 주위로 모여들었다. 엄마가 자신들에게 전혀 신경을 쓰지 않자 거꾸로 아이들 쪽에서 엄마한테 신경을 쓰기 시작한 것이었다.

처음엔 나보고 엄마는 무슨 책을 그렇게 열심히 읽냐, 무슨 글을 그렇게 많이 쓰냐고 말을 붙이다가 내가 건성건성 대답하면서 책에 코를 박으면, 아이들도 자리를 뜨지 않고 날 지켜보다가 각자 아무 책이라도 가져와서 들춰 보는 것이 우리 집 저녁의 일상이 되었다. 결과적으로 엄마가 책에 몰입한 것이 예기치 않게 아이들을 공부로 이끈 셈이다.

일이 이렇게 되다 보니 혹시 내가 중간에 공부를 그만두고 싶었다해도 아이들 때문에 못 했을지 모르겠다. 맹자 엄마는 아들을 위해서 이사까지 다녔는데 난 공부를 계속하기만 하면 되니 이보다 쉬운 일이 또 어디 있을까. 그러고 보면 내가 대학원 과정을 끝까지 버텨 낼 수 있었던 것도 전적으로 아이들 덕이었다고 할 수 있다. 이쯤 되면 윈윈이 아닐까. 때로는 아이들에게 너무 신경을 쓰지 않았던 게 미안하다 싶다가도, 만약 내가 아이들에게 올인했다면? 하고 상상하면 아이들이 지금처럼 잘 자라 주지 않았을 거라는 게 나의 변함없는 생각이다.

엄마는 마땅히 자녀들에게 올인해야 한다고 철석같이 믿는 사람들은 간혹 나에게 딴죽을 걸기도 한다. 당신이 만약 다른 엄마들의 반만큼이라도 공부 뒷바라지를 했다면 그 아이들은 당연히 법대나 의대를 들어갔을 거다. 당신의 아들들은 엄마 때문에 큰 손해를 본 셈이라고.

헉, 이렇게 생각하는 엄마들도 있구나. 아니, 왜들 그렇게 의사 판사에 목매다는 거야. 의사 판사가 나쁘다는 게 아니라 그것도 적성에 맞는 사람이 하는 거지, 공부를 잘하면 무조건 법대 의대를 가야 한다는 건 너무 촌스러운 발상이잖아. 나는 기가 막혀서 소리를 치고 싶었지만 이내 '그래, 세상은 넓고 사람은 다 다르니까 그 좋은 법대, 의대 너나 보내세요'라고 스스로를 달랬다.

아무튼 아이들에게 잔소리를 하고 싶지 않은데 놀고 있는 아이들을 바라보고 있으면 초조해져서 저절로 잔소리가 튀어나온다는 엄마

아이들만 바라보고 있으면 초조해지는 건 당연하다.
엄마가 보는 아이들은 아이들의 현재가 아니라
미래이기 때문이다.
지금 저렇게 놀기만 하면 좋은 학교 못 갈 거고
그러면 좋은 직장도 못 얻을 거고 그러면….

들에게 내가 줄 수 있는 조언은 단 하나, '그럼 아이들을 바라보고 있지 마세요'다. 처음엔 농담처럼 들리는지 엄마들은 막 웃는다. 하지만 난 진담이다. 아이들만 바라보고 있으면 초조해지는 건 당연하다. 엄마가 보는 아이들은 아이들의 현재가 아니라 미래이기 때문이다. 지금 저렇게 놀기만 하면 좋은 학교 못 갈 거고 그러면 좋은 직장도 못 얻을 거고 그러면…. 그러니 초조해질 수밖에.

그러니까 잔소리하고 싶지 않다는 말이 진짜라면 아이들을 안 보고 있으면 된다. 그렇다고 뭐 일부러 날마다 외출하라는 말이 아니다. 아이들이 무엇을 하고 있는지 관심의 끈을 놓지 말되 늘 아이들에게 고정되어 있던 시선을 자기 자신에게로 돌리라는 것이다. 그리고 자기 자신에게는 과연 잔소리할 거리가 하나도 없나 냉정하게 따져 보았으면 좋겠다. 특히 백세시대에 이미 들어섰는데 이제 겨우 3, 40대인 나는 앞으로의 긴 인생을 아이들 뒷바라지하는 것 이외에 무슨 일로 채워 나갈지 진지하게 고민해 보면 좋겠다.

비록 지금은 부족한 대로 비교적 평안하게 살고 있는 편이라 하더라도 앞으로 어떻게 될지 아무도 모른다. 지금 누리고 있는 것들이 영원히 지속되기에는 미래가 너무 불확실하다. 다시 말하면 아이의 미래만 걱정할 게 아니라 내 미래도 걱정해야 하는 처지이다. 나는 하루가 다르게 변하는 환경에 유연하게 대처해 나갈 수 있을까, 나는 끝까지 내 인생을 내가 관리하고 책임질 수 있을까, 노년의 가난이나 외로움을 겪지 않기 위해 난 어떤 준비를 해야 할까 등등 풀어야 할 문제들이 차고 넘친다.

　일단 아이를 끝까지 공부시키고 난 다음에 내 인생을 챙기겠다고 생각한다면 너무 늦을 염려가 있다. 준비는 빠를수록 좋은 법이다. 아이가 공부 열심히 해서 좋은 대학 들어가면 물론 기쁜 일이다. 하지만 아이의 인생도 엄마의 인생도 그걸로 끝이 아니다. 각자 살아야 할 인생은 여전히 길고도 멀다.

　그러니 엄마도 아이의 인생을 살아 주겠다고 공연히 애쓰지 말고 지금부터 자신의 인생을 살아가야 한다. 그것이 아이에게도 엄마에게도 좋은 일이다.

유치원 공교육을 소망하며

내년에 초등학교에 들어갈 막내손녀는 집 근처에 있는 작은 어린이집을 3년째 다니는 중이다. 어찌나 야물딱지게 말을 잘하는지 벌써학교에 다니고도 남을 것 같은 아이가 그 동네 어린이집을 2년 넘게왔다 갔다 하고 있으니 할머니 입장에선 왠지 안쓰러워 보인다. 싫증난 지 오래인데 그렇다고 마땅히 갈 데도 없으니 그냥 시간이나 때우자 싶어 억지로 다니는 게 아닐까 공연히 마음이 쓰이는 탓이다.

그래서 딱히 이렇다 할 대안도 없으면서 손녀한테 묻곤 한다. 어린이집 다니는 거 재밌니? 말 떨어지기 무섭게 손녀가 목청 높여 대답한다. 네, 재밌어요. 친구들도 좋아? 네, 좋아요. 선생님도 좋아? 네, 좋아요. 밥도 맛있어? 네, 맛있어요.

그럼 됐다, 손녀의 초긍정 반응에 할머니 기분도 좋아진다. 자식들한테도 덤덤, 며느리들한테도 덤덤, 손주들한테도 덤덤, 평생을 덤덤이스트로 일관하던 내가 막내의 어린이집 생활에 유독 관심이 가는 이유는 요 몇 달 동안 하루가 멀다 하고 어린이집과 유치원에서 일어나고 있는 각종 사건사고와 천태만상의 비리양태에 대한 뉴스를 접하고 지금도 속이 부글부글 끓고 있기 때문이다.

폭염이 맹위를 떨치던 여름날 어린이집 통원버스에 잠든 아이를 두고 내렸다가 질식사하게 만든 어이없는 사고에 이어 낮잠을 안 잔다고 교사가 이불로 아이를 눌러 죽인 사건, 반찬을 남긴다고 아이를 사정없이 패대기친 사건, 너무 빈약해서 눈이 의심될 정도의 식단 등등 도저히 있을 수 없는 사건들이 연이어 터져 나와 부모들을 몸서리치게 만들더니, 아이들을 위해 써야 할 돈을 자기 마음대로 써 댄 원장이 있질 않나, 가족들을 사무직원으로 채용해서 고액의 인건비를 지급하질 않나, 업체와 짜고는 교재구입비를 과다 책정해서 빼돌리는 원장이 있질 않나, 슬쩍 건드리기만 했는데도 온갖 비리가 터져 나와 부모들을 분노로 몰아가고 있다.

처음부터 사립유치원인 줄 알고 보냈고 어차피 백 퍼센트 교육자 마인드를 기대한 건 아니지만, 그래도 적어도 쇼맨십이라도 교육자의 면모를 보여 주길 바랐던 부모들은 파렴치한 모리배의 민낯을 보곤 할 말을 잃었다. 게다가 부모들을 더 허탈하게 만드는 건 당장 유치원을 그만 다니게 하고 싶어도 마땅히 보낼 곳을 찾기가 쉽지 않다는 현실이다.

유치원의 비리를 차단하기 위해 발의된 유치원3법(유아교육법, 사립학교법, 학교급식법) 개정안이 주춤거리는 이유도 유치원 설립자들이 이런 부모들의 약점을 누구보다 잘 알고 있기 때문이 아닌가 한다. 그들은 유치원 개혁을 저지하기 위해 '당장 폐원'이라는 무지막지한 무기를 사용했고 당국은 절대 좌시하지 않겠다고 엄포를 놓았지만, 실제로 그 무기가 대단한 효력을 발휘하고 있다는 사실을 모르는 이는 없을 것이다.

부모들은 유치원 개혁을 간절히 바라면서도 혹시 그 여파로 내 아이가 다니던 유치원이 어느 날 갑자기 문을 닫을까 봐 전전긍긍하고 있다. 특히 워킹맘의 심정은 참담할 정도로 불안한 상태다. 그동안 직장에 나가면서 하루도 맘 편한 날이 없었는데 차라리 이참에 일을 그만두는 게 현명하지 않을까 심각하게 고민하는 워킹맘들이 늘어나고 있다고 한다.

내 짐작으로는 이번 유치원 비리 사태를 보면서 새삼스레 아이 낳기를 포기하는 부부들이 꽤 늘어났을 것 같다. 이번에 드러난 일련의 사건들은 가뜩이나 아이 낳기를 두렵게 만드는 요인들이 수없이 포진되어 있는 우리 사회에 또 하나의 치명타를 가한 건 아닐까. 인구가 줄어들면 나라가 사라진다고, 나라가 키워 줄 테니 마음 놓고 아이 낳으라고 돈을 퍼 주면 뭐 하나, 막상 낳은 뒤엔 나 몰라라 하는데. 어디다 맡기든 '니가 알아서 하세요' 하면서.

막내손녀가 자기가 다니는 어린이집을 무척이나 좋아하는 것 같아 일단은 마음이 놓이면서도 자나 깨나 불안에 떨고 있는 수많은 젊은 부모들을 생각하면 마음이 쉽게 진정되지 않는다. 정부도 밉고 국회의원도 밉고 사립유치원 원장도 밉다. 아이 낳기 좋은 나라를 만들겠다고 큰소리치던 역대 정부는 그동안 어디에 돈을 쓰느라고 부모들이 그토록 증설해 달라고 요구한 국공립유치원 설립에 등한했으며, 오직 국민의 행복만 생각한다는 그 많은 국회의원들은 무엇에 신경을 쓰느라고 마구잡이로 설립된 사립유치원이 이 지경으로 썩어 가도록 방치했는가.

그리고 유치원원장이라는 이름을 달았으면 비록 교육자로서의 인품은 기대할 순 없을망정 최소한 정직하게 이윤을 추구하는 상인으로서의 윤리만큼은 지켜 줘야 하는 거 아닌가. 오로지 이윤만 목적이라면 다른 사업 아이템도 많을 텐데 왜 순진무구한 아이들을 팔아서 돈을 벌려고 하는가 말이다. 다른 데보다 영 허술해 보였나. 당신들 눈에는 아이들 하나하나가 소중한 인격체가 아니라 나라로부터 일인당 얼마를 타 낼 수 있는 손쉬운 미끼로만 보였는가. 당신들 때문에 사명감을 갖고 정직한 마음으로 어렵게 유치원을 꾸려 가는 다른 원장들까지 싸잡아 욕을 먹는 게 미안하지 않은가.

만시지탄이지만 아마 이번 사태를 계기로 뒤늦게나마 유치원3법은 개정될 테고 그에 따라 지금과 같은 사립유치원의 노골적인 비리 행태는 어느 정도 줄어들 거라고 본다. 교육부장관의 약속에 따르면 국공립유치원의 숫자도 대폭 늘릴 예정이라니 부모들의 선택 폭도 한결 늘어날 것이다. 하지만 애초부터 이윤추구가 목적인 사립유치원의 운영이 법이 개정된다고 하루아침에 투명해질 수 있을지 의문이 아닐 수 없다. 운영자들의 마인드가 근본적으로 변하지 않는 한 온갖 편법들이 즉시 등장할 게 틀림없다. 또 국공립유치원이라고 아무 문제가 안 생길 거라고 어느 누가 장담할 수 있을까. 가장 중요한 것은 결국 사람이기 때문에 어떤 마인드를 가진 이들이 운영을 맡느냐에 따라 유치원의 질이 현격히 달라지리라는 것은 누구나 예상하는 바이다.

그래서 나는 꿈꾼다. 사립이고 공립이고를 떠나서 어린이집과 유치원을 운영하고자 하는 사람이나 교사가 되고 싶은 사람들이라면 누구보다 특별한 사람이기를. 즉 아이를 보살피고 가르치는 일을 천성적으로 좋아하는 사람, 교육적 신념이 투철한 사람이기를 꿈꾼다.

아이의 인성이 형성되는 가장 중요한 시기에 부모가 믿고 맡긴 아이를 키운다는 엄중한 사실에 대해 큰 자부심과 사명감을 느끼는 사람이기를.

아이 하나하나를 소중한 인격체로 대하고 아이가 갖고 있는 가능성을 찾아내고 끌어 주는 데 무한한 기쁨을 느끼는 사람이기를.

아이가 마음과 몸이 건강한 사람으로 자랄 수 있도록 세심히 보살피며 늘 밝은 표정으로 아이를 대하는 사람이기를.

아이가 스스로 생각하고 자신의 감정을 자유롭게 표현하는 사람으로 자랄 수 있도록 섣불리 아이를 통제하려 들지 않는 사람이기를.

아이가 자신과 다른 아이를 배려하고 공감하는 사람으로 자랄 수 있도록 마음을 열어 주는 사람이기를.

그리고 부모들을 고객이 아니라 동반자로 생각하고 기탄없이 아이의 성장을 위한 지혜를 나누는 사람이기를.

이렇게 어린이집과 유치원원장 그리고 교사들에게 바라는 꿈을 풀어놓다 보니 이건 마치 부모의 역할을 온통 떠넘기려 드는 것 같기도 하다. 떠넘기려는 게 아니라 함께 기꺼이 나눠 하자는 뜻이다. 그리고 나라와 부모도 그들에게 사명감만 요구할 것이 아니라 그들이 소모당한다는 느낌 없이 지속적으로 자신의 일에 자부심을 느낄 수 있도록 그에 걸맞은 처우를 해 줘야 한다. 앉은 자리가 편해야 마음도 편해지는 법이니까.

현재로선 이루어질 수 없는 꿈일까. 꼭 그렇지만은 않다는 걸 난 알고 있다. 비록 소수이긴 하지만 실제로 지금도 우리 사회 곳곳에서는 그런 교육이, 그런 교사가, 그런 부모가 존재한다. 그들은 한결같이 온 정성을 다해 아이들을 키워 내야 미래의 우리 사회가 건강한 공동체로 거듭날 거라고 믿는 사람들이다.

꿈은 꿈을 이루려고 애쓰는 사람들이 있는 한 언젠가는 이루어지는 법이다.

사람이 더 중요하다

만약 이사를 했는데 내 아이에게 배당된 초등학교가 혁신학교라면 부모는 어떤 기분일까? 어떤 부모는 환영할 테고 어떤 부모는 질색할 것이다. 이유는 단순하다. 혁신학교에서는 공부보다 체험과 토론에 집중하기 때문이다.

많은 부모들이 아이들이 어렸을 때부터 공부에 시달려야 하는 현실을 안타까워하지만 정작 내 아이 학교에서 시험도 안 보고 공부에 신경을 쓰지 않는 것 같다 싶으면 불안해한다. 길게 보면 입시위주 교육은 반드시 사라져야 한다고 믿지만 현재 돌아가는 꼴을 보건대 어느 때나 그게 가능할지 요원하기만 하다. 십 년이 걸릴지 이십 년이 걸릴지 아무도 모른다.

문제는 그사이에도 내 아이는 쉬지 않고 자라서 때가 되면 초등학교를 다녀야 하고 대학을 들어가야 한다. 즉 교육환경이 아무리 빨리 바뀌더라도 현재 상황으로선 내 아이는 입시위주 교육을 받을 수밖에 없는데 왜 하필이면 지금 내 아이가 다니는 학교가 교육 개혁의 총대를 메야 하느냐, 이건 명백히 불평등한 처사가 아니냐, 부모로서 이건 도저히 참을 수 없는 문제라고 생각하게 되는 것이다.

최근 입주를 시작한 서울의 대규모 신축아파트 단지의 주민들이 부지 안에 혁신학교가 들어선다는 사실을 확인하자 격렬히 저항한 것도 바로 그런 이유에서다. 특정 아파트 단지에 입주한다고 해서 부모에게 선택권도 주지 않고 무조건 혁신학교에 아이를 들여보낼 순 없다고 아이를 둔 주민들은 교육감에게 격렬히 항의했다.

교육청 입장에선 궁극적으로 아이들을 위해서 혁신학교를 세우는 건데 이렇게 거센 반발에 부딪치다 보니 난감하기 짝이 없겠지만, 아무리 취지가 좋아도 정작 학부모들의 의견을 물어보지도 않고 일방적으로 밀어붙인 것은 명백한 실책이다. 이런 사태를 예상하지 못했다면 그 또한 무사안일이요, 무능의 명백한 증거다. 기존 혁신학교에 아이를 보내고 있는 학부모들의 의견을 들어 보지도 않았다는 이야기가 아닌가.

비슷한 예로 얼마 전 서울의 한 구청에서 자녀교육에 대한 강연을 할 때 겪었던 일이 있다. 구청 단위의 행사라 그랬는지 내가 강연을 하기 전 구청장이 강단에 올라 참석자들에게 인사를 하고 짧게 구정을 소개하는 순서가 있었다. 구청장은 미래학교라는 것에 대해서 간

략하게 설명하고 나서 그런 학교를 서울 최초로 우리 구 안에 설립할 예정이라고 자랑스레 말하며, 오늘 이렇게 많은 학부모들이 모인 자리에서 대략적으로나마 구민들의 찬반여부를 알고 싶다고 했다. 그날 손을 든 숫자를 대충 헤아려 보니 찬성 반 반대 반이었다. 결과가 구청장의 기대에 부응했는지 어긋났는지는 표정에 드러나지 않았다.

나는 혼자 속으로 아이들을 자발적이며 독립적으로 키우자는 게 골자인 내 강연을 듣고 싶어서 모인 부모들이라면 대부분은 비교적 자녀교육에 대해 개혁적인 성향을 가진 사람들일 텐데 의견이 반반으로 나뉜 것을 보고, 이 지역에 미래학교를 설립하려는 시도가 녹록지 않겠다는 예감이 들었다. 자세히는 모르겠으나 한마디로 기존 학교와 달리 교과서나 공책을 쓰지 않고 모든 수업을 컴퓨터로 진행한다는 미래학교는 분명 4차 산업혁명시대에 적합한 교육방식이라는 건 맞는 이야기인데, 현 상황에서 기꺼이 앞장설 부모들이 얼마나 될까 의문이 들기 때문이다.

나중에 시간이 어느 정도 흐른 다음 미래학교를 나온 아이들의 명문대학 입학률이 높게 나오거나, 스티브 잡스같이 뛰어나게 성공한 기업인이 여럿 나온다면 그땐 달라지겠지만 지금은 선뜻 앞장서서 들여보내고 싶지 않을 거라는 생각이 든다. 오히려 혹시 자신의 의사에 반해 아이를 들여보내는 일이 벌어진다면 일방적으로 교육정책의 희생양으로 뽑혔다는 생각에서 쉽게 승복하지 않으리라 예상된다.

어쩌면 내가 지금 젊은 부모들을 지나치게 보수적으로 평가하는 게 아닌지 모르겠다. 하지만 적어도 내 경험에 따르면 그들 대부분은 우리 교육이 변해야 한다는 데 어느 세대보다도 적극 동의하지만, 스스로 변화에 앞장서는 것은 무척 두려워하는 것 같다. 이렇게 본다고 해서 내가 지금 무조건 그들이 잘못했다고 탓하는 건 결코 아니다.

솔직히 그렇잖아도 불신의 대상이 된 지 오래인 교육정책으로 인해 재수 없게 내 아이가 시행착오의 대상이 될지도 모르는데 쌍수를 들어 환영할 부모가 어디 있을까. 그들은 어떤 상황에서든 섣불리 앞장서지도 말고 그렇다고 아주 뒤처지지도 말고 그저 가운데만 지키고 있으면 여러모로 안전하다는 선배들의 지혜를 잊지 않았을 뿐이다. 그들은 아이가 0.1퍼센트의 상류층으로 올라가는 것도 원하지 않고, 하류층으로 떨어지는 것도 원하지 않고, 그저 평범하게만 살아 주기를 간절히 바라는 보통 부모들이다.

젊은 부모들의 두려움을 십분 이해하면서도 아쉬움은 여전히 남는다. 나는 지금이야말로 우리 교육을 바꿀, 아니 내 아이 키우는 방향을 바꿀 절호의 기회라고 믿기 때문이다. 나는 젊은 부모들이 지금의 입시위주 교육이 잘못되었다고 확신한다면 그냥 묵인하지 말고 조금만 더 용감해지기를 진심으로 바란다. 어련히 알아서 내놓은 교육정책이니 그저 믿고 따르라는 말이 아니라, 내 아이의 미래를 열어 주기 위해서 부모가 먼저 마음을 열고 좀 더 현명해졌으면 좋겠다는 말이다.

무엇보다 먼저 자신이 받아 온 교육이 과연 나를 얼마나 행복하게 만들었나에 대해서 솔직하게 돌아봐야 한다. 왜냐하면 지금 젊은 부모들이 사교육의 광풍 아래서 성장한 첫 세대이기 때문이다. 공부가 성공이고, 공부가 행복이고, 공부가 효도였던 시대, 부모세대가 숭상해 온 공부만능주의 아래서 성장해 온 지금의 젊은 세대는 과연 행복한가. 부모들 덕분에 내 인생이 더없이 행복하기 때문에 나도 아이들에게 똑같은 방식으로 가르치고 싶은가. 그나마 그렇게라도 공부하지 않았다면 지금보다 훨씬 불행했을 것 같은가.

혹시 내가 좀 더 자유롭게 자라고 내 내면에 귀를 기울였다면 지금의 삶이 훨씬 행복했을지도 모른다는 아쉬움은 없는가. 남들이 만들어 놓은 틀에 나를 맞추려고 평생을 괴로워하며 살진 않았는가. 내 아이도 그렇게 살기를 바라는가. 만약 내 아이만이라도 남의 눈치를 살피지 않고 오로지 자신의 꿈을 좇아서 살기를 원한다면 지금 당장 부모부터 바뀌어야 한다고 생각하지 않는가. 새로운 시도를 하는 학교가 있다면 일부러라도 찾아가고 싶지 않은가.

이제 아이 키울 일 없다고, 남의 일이라고 입에서 나오는 대로 읊어 댄다고 욕먹을지 모르겠다. 그런데 내게도 간접적이나마 혁신학교에 관한 경험이 있다. 우리 손주 중에서도 혁신학교에 다녔던 아이들이 있기 때문이다. 바로 큰아들네 형제들이다. 작은아이를 공동육아 어린이집에 보내기 위해 이사를 한 아파트 바로 옆에 우연인지 필연인지 혁신학교가 있었다. 큰아들부부는 크게 반가워하면서 큰아이를 혁신학교에 입학시켰고 2년 후에는 둘째도 그 학교에 들어갔다.

나도 혁신학교에 대해서 막연히는 알았지만 구체적으론 몰랐기 때문에 호기심이 일었다. 내가 보기에 손자들은 학교 다니는 동안 한 번도 공부에 대한 압박감을 느끼지 않는 것 같았다. 숙제라고는 며칠에 한 번 쓰는 일기 정도나 독서노트이고 시험은 아예 없었다. 산이 가까운 학교다 보니 봄에는 산기슭으로 나들이 가서 진달래꽃을 따다가 화전을 부쳐 먹기도 하고, 또 언젠가는 학교에서 배웠다는 물김치를 집에서 해 줘 나까지 얻어먹은 적도 있다. 아이들은 선생님들을 무척 좋아했고, 학교 가는 게 재미있고 즐겁다고 입버릇처럼 말했다.

난 내 아이들이 12년씩 학교를 다니는 동안 만났던 적지 않은 선생님들 가운데, 졸업한 후 때때로 찾아뵙고 싶은 선생님이 단 한 명도 없다는 사실에 늘 가슴이 아팠던 엄마다. 아이들 선생님과 개별적으로 만나는 걸 아예 포기하고 지냈던 내 엄마노릇에 일말의 후회를 느꼈던 것도 바로 그런 사실 때문이었다. 혹시 내가 엄마노릇을 좀 잘했다면 아이들에게 선생님들 이미지가 좋게 남지 않았을까 하는. 그래서 손자들이 선생님과 학교에 대해서 좋은 감정을 갖고 다녔다는 게 그렇게 신기하고 흐뭇할 수 없었다. 하긴 공부하라는 잔소리, 공부 못한다는 구박을 하지 않는 선생님이 왜 싫을까마는.

큰아이가 중학교에 진학할 시기가 다가오자 아이들 부모는 그제야 갑자기 그동안 전혀 신경 쓰지 않았던 아이의 학업수준이 걱정되나 보았다. 뒤늦게 동네 학원을 보내면서 아이가 어느 정도 잘하는지 가늠해 보는 것 같았다. 흥미로운 건 아이가 학원에 다녀 보더니 자기가 다른 아이들에게 실력이 뒤진다는 사실을 스스로 깨닫고는 자발적으로 공부하려는 자세를 가다듬기 시작했다는 사실이다.

부모로부터 그 이야기를 듣자 나는 그럼 그렇지 싶었다. 그동안 공부의 압박을 받지 않고 맘껏 뛰놀았기 때문에 아이는 큰 힘을 비축할 수 있었고 그 힘 중에는 스스로 공부할 수 있는 에너지도 포함된 것이다. 에너지가 그렇게 쌓여 있으니 이제 마음만 먹으면 못할 일이 뭐가 있겠는가. 공부가 됐든, 다른 무엇이 됐든.

물론 혁신학교도 혁신학교 나름이고 선생님들도 선생님들 나름이다. 모든 일이 그렇듯, 취지도 중요하지만 사람이 더 중요하다. 다만 좋은 취지인데도 새롭다는 이유로 두려워하고 꺼릴 필요는 없지 않을까. 내 아이의 미래를 위해서라면.

너의 존재 자체만으로도
정말 행복하다는 믿음을 아이에게 준다면,
행복한 사람의 표정을 보여 준다면
아이는 엄마얼굴만으로도 행복이 무언지 배울 수 있고
저절로 행복해질 수 있다.

엄마가 행복해야 아이가 행복하다

요즘 엄마들과 예전 엄마들은 같으면서도 다르다. 가장 다른 점을 꼽으라면 육아의 최종목표가 다르다는 것이다. 어디까지나 내 생각일 뿐이고 지나친 일반화의 위험이 있지만 예전 엄마들이 바라는 목표가 아이의 성공이었다면 요즘 엄마들은 무엇보다 아이의 행복을 최종목표로 삼는다.

물론 예전 엄마들도 아이가 행복하게 살기를 간절히 바랐지만 성공이냐 행복이냐를 선택할 때 우선순위에서 행복보다 성공이 앞섰다. 왜냐하면 사회분위기상 오랜 기간 동안 많은 부모들은 아이가 일단 사회적으로 성공만 하면 행복은 저절로 따라올 거라고 믿어 의심치 않았기 때문이다. 남의 눈에 띌 정도로 성공하면 남들의 부러움을 살 거고 남 보기에 행복해 보이면 본인은 당연히 행복할 거라고 믿었다.

그런 점에서 요즘 엄마들은 어쩌면 좀 더 솔직해졌다고 할까 현명해졌다고 할까. 미디어의 발달로 공인의 사생활이 노출되는 일이 급격히 늘어남에 따라, 소위 사회적으로 성공했다는 사람들 중에도 실제로는 행복하게 사는 경우가 그렇게 많지는 않다는 사실이 널리 알려진 덕분에 이제 사람들은 보이는 것이 다가 아니라는 사실을 잘 알고 있다. 행복은 멀리 있는 것이 아니라 내 마음속에 있다는, 당연하지만 자꾸 잊어버리게 되는 진리를 요즘 엄마들은 새삼 곱씹으며 살고 있다고 할까.

그러므로 요즘 엄마들은 아이가 자라서 무슨 일을 하든지 본인이 행복하다고 느낄 수만 있다면 그것으로 이미 성공한 인생이라고 굳게 믿기 때문에 예전 엄마들처럼 남의 시선에 별로 신경을 쓰지 않는 이들이 많다. 그들은 아이가 행복할 수만 있다면 최선을 다해서 뒷바라지할 자세가 되어 있다며 비장한 표정으로 자세를 가다듬는다. 그런데 여기 복병이 숨어 있다. 아이의 행복을 위해 최선을 다하겠다는 엄마들이 정작 본인의 행복에 대해서는 무심한 경우가 꽤 많다는 사실이다. 아니, 의식적으로나 무의식적으로나 아이의 행복과 자신의 행복을 동일시함으로써 결과적으로 자식과 자신을 구속한다는 거다.

엄마들은 간절하게 바란다. 제발 내 아이가 행복하게 살 수 있기를. 그래서 아이에게 강조하고 또 강조한다. 사랑하는 내 아이야, 넌 꼭 유명해질 필요도 또 부자가 될 필요도 없어. 네가 어떤 사람이 되든 무슨 일을 하든 엄만 아무 상관 안 해. 그저 네가 행복하기만 하면 돼. 네가 행복하면 나도 행복해. 엄만 그것으로 충분해. 더 이상 아무 것도 필요 없어. 네 행복이 곧 내 행복이니까.

엄마가 행복해지기 위해서 아이는 반드시 행복해져야 한다. 혹시라도 내가 행복하게 살지 못하면 엄마까지 행복해지지 못하니까. 아이는 아주 어릴 적부터 엄마의 행복이 자신에게 달려 있다는 사실에 뿌듯함을 느낄까, 아니면 부담감을 느낄까. 엄마의 행복까지 책임져야 하는 짐이 너무 무겁게 느껴지지 않을까.

여기서 아이는 궁금해진다. 엄마가 저렇게 바라니 엄마를 위해서라도 행복하게 살고 싶다. 그런데 도대체 행복이란 게 무엇일까. 행복이 뭔지는 잘 모르겠지만 행복한 사람을 만나면 그 사람의 행복바이러스가 내게 전염이 될지도 몰라. 그런데 그런 사람은 어디에서 만날 수 있을까. 아무리 봐도 우리 엄마는 그렇게 행복한 얼굴이 아닌 것 같은데 말이야.

행복을 연구하는 학자들에 의하면 행복도 일정 부분 유전된다고 한다. 어떤 이는 행복유전자가 따로 있어서 부모가 행복을 잘 느끼는 사람은 많은 경우 자녀도 그렇다고 한다. 난 잘 모르겠지만 이런 경우는 생물학적인 요인도 크겠지만 그보다는 환경적인 요인이 더 크게 작용하는 게 아닌가 생각된다.

우선 행복한 사람은 자족감이 충만하기 때문에 표정이 늘 편안하게 보인다. 또 행복한 사람은 잘 웃는 데다 매사에 긍정적이기 때문에 상대방까지 기분이 좋아지게 만든다. 행복한 사람은 자존감이 높아 웬만한 행동이나 말에는 상처를 받지 않는다. 아울러 배려심이 깊어 남의 마음을 잘 헤아리기 때문에 남에게 상처를 주는 일도 없다. 행복한 사람은 남의 일에 관심은 갖되 섣불리 간섭은 하지 않는다. 행복한 사람은 남의 탓을 하지 않으며 어떤 상황에 처하든 스스로 행복해지기 위해 노력한다. 행복한 사람은 조그만 일에도 항상 감사하는 마음으로 살아간다.

그러므로 만약 부모가 잘 웃고 긍정적이며 자존감이 높고 남을 배려하며 감사하며 사는 사람이라면 부모가 일부러 가르치려 하지 않아도 그 자녀는 행복이 뭔지 알기 전에 이미 행복하게 사는 법을 배우는 셈이다. 반대로 부모가 행복과 거리가 먼 사람, 즉 늘 불안하고 불만스러우며 매사에 남을 탓하고 남에게 상처 주는 일을 거리낌 없이 하면서도 무심하다면 아이가 스스로 행복하게 사는 법을 깨치기는 거의 불가능하다.

행복하지 않은 엄마는 흔히 이렇게 말한다. '나는 비록 운이 나빠서 행복하게 살지 못했지만 너만은 행복하게 살아야 해.' 이처럼 무리한 주문이 또 어디 있을까. 나와 가장 가까운 엄마가 행복하지 않다는데 아이가 무슨 수로 행복하게 살 수 있단 말인가. 행복이 어떤 건지 도대체 누굴 보고 배우라는 말인가. 인생의 초반, 엄마는 아이에게 전 세계다. 엄마에게서 세계를 보고 배운다. 태어나서부터 이제까지 줄곧 엄마의 한숨, 짜증, 무표정 속에서 자랐음에도 불구하고 스스로 머릿속에 행복을 그릴 수 있는 아이는 없다.

내 아이가 행복하게 살기를 진심으로 원한다면 아이에게 무얼 해 줄까 공연히 머리 쓸 필요 없이 먼저 엄마 스스로 행복한 사람이 되기 위해 치열하게 노력해야 한다. 엄마가 할 일은 그저 아이에게 행복한 엄마를 보여 주는 것이다. 지금 처해 있는 상황을 당장 바꿀 수는 없을지라도 행복한 엄마가 되는 가장 빠르고 손쉬운 방법이 있다. 다름 아니고 아이에 대한 내 마음을 바꾸는 일이다.

'네가 행복해지면 나도 행복할 거다'라는 생각 대신 '네가 있기에 나는 지금 행복하다'라고 생각해 보면 어떨까. 먼 미래에 행복하게 살 너로 인해 나도 비로소 행복해질 것이 아니라 현재의 너로 인해 난 이미 충분히 행복한 엄마라고 생각하는 것이다. 지금 내가 처해 있는 객관적 상황이 아무리 열악해도 엄마는 너의 존재 자체만으로도 정말 행복하다는 믿음을 아이에게 준다면, 행복한 사람의 표정을 보여 준다면 아이는 엄마얼굴만으로도 행복이 무언지 배울 수 있고 저절로 행복해질 수 있다.

엄마가 지금 행복하지 않으면 아이는 혹시 자신 때문에 엄마가 행복하지 않나 보다고 자신을 탓할지 모른다. 자신은 엄마에게 아무 가치 없는 존재인가 보다고 자신을 낮게 평가할지 모른다. 그렇게 행복하지 않은 엄마 때문에 자존감을 잃은 아이에게 네가 행복해야 엄마도 행복하다고 말하는 것은 아이에게 말할 수 없는 부담을 지우는 것이다.

나는 너로 인해 충분히 지금 행복하다고 생각을 바꾼 다음에 할 일은 당연히 자신을 행복하게 만들기 위한 행동이다. 무엇이 자신을 행복하게 하지 못하는지 그 요인을 하나하나 풀어 나가면 된다.

행복은 거저 오지 않는다. 행복은 남이 만들어 주지 않는다. 행복은 원래 스스로가 만들어 가는 것이다. 행복해지기 위해서 애쓴 사람만이 행복할 자격이 있다.

내 아이가 행복하기 위해선 엄마가 먼저 행복해야 한다.

모든 아이는 특별하다

초판 1쇄 발행 2019년 4월 22일
초판 7쇄 발행 2025년 2월 3일

지은이 박혜란
펴낸이 이수미
일러스트 이윤희
북 디자인 정은경디자인
마케팅 임수진
종이 세종페이퍼 **인쇄** 두성피앤엘 **유통** 신영북스

펴낸곳 나무를 심는 사람들
출판신고 2013년 1월 7일 제2013-000004호
주소 서울시 용산구 서빙고로 35, 103동 804호
전화 02-3141-2233 **팩스** 02-3141-2257
이메일 nasimsabooks@naver.com
블로그 blog.naver.com/nasimsabooks
인스타그램 instagram.com/nasimsabook

ⓒ 박혜란 2019
ISBN 979-11-86361-89-4 (03810)